허영만의
커피 한잔
할까요?

④

허영만의 커피 한잔 할까요? 4

허영만 글, 그림 | **이호준** 글

위즈덤하우스

박석
2대커피의 주인.
강고비에게 커피는 물론
사람의 마음을 헤아리는 법까지
가르치고 있다.

강고비
2대커피의 바리스타.
열정만으로 시작했던
커피에 대해 깊이
알아가는 중이다.

김선생
박석의 여친.

만화가 미나
이제나저제나
뜨기만을 염원하는
3류 만화가.

2대커피 단골 정가원
꿈을 위해 대학 진학을
포기하고 알바 중인 고등학생.
강고비를 짝사랑 하는 중.

차례

23화
고비의 미소

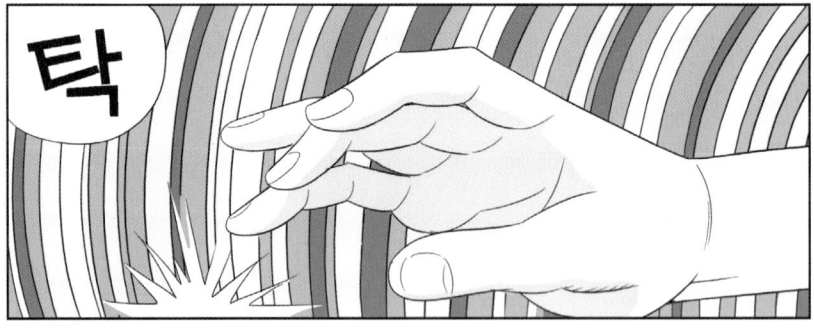

짜잔!

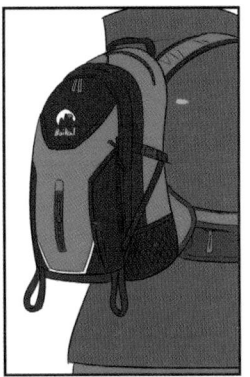

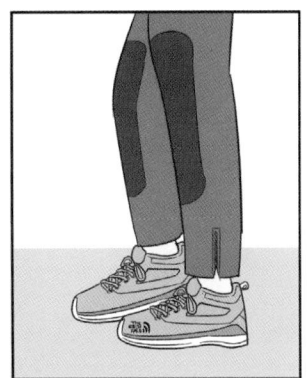

그렇게 좋으세요?

10년 만의 단풍놀이인데 안 좋을 수 있니?

우리 어때?

완전 캡!

고맙다.
고비야, 네가 있기에
가능한 여행이야.

ㅎㅎㅎ.

원두는
잘 볶아 놨다.

그런데….

걱정하지 마시고
이제 출발하세요.

저 이러다 마음
바뀝니다. 다녀오세요.

올 때 호두과자
사올게.

정말
괜찮을까?

맡겨둬!

2대 커피

기이잉

어!

안녕하세요.

2대 커피

오늘 알바 안 가니?

고비 오빠가
오늘부터 혼자
꾸려나간다고 해서
알바 며칠
쉴 거예요.

잘됐다!
들어가서 좀 도와줘라!

가원이라도 왔으니
이제 좀 마음이 놓이네.

♬

가원아, 뭐 줄까?

주는 게
아니고오오.

넌 손님이냐?
도우미냐?
확실히 해!

도우….

그럼 저쪽에 가서 주문받아!

뭐 드시겠어요?

아메리카노 세 잔이요.

아메… 리카노 … 세 잔.

몇 잔?

세 잔….

안 들려! 아침밥 못 먹었으면 빵이라도 하나 먹어!

친… 절하게 …말해줘.

뭐?

아… 아니.

휙

너 가원이 맞아?

왜 이리 띨띨해?

정신 차려!

딱 떡

머리가 왜 그래?

뉴… 패션….

얼얼

예. 오렌지 카푸치노 테이크아웃이요? 잠시만 기다리세요.

오… 옵빠.

왜?

오렌지… 카푸치노….

몇 잔?

…

알았어!

아메리카노 먼저 하고 해줄게.

티칵

열심히 일하는 고비 옵빠 뒷모습도 멋져라.

티칵

티칵

오우! 저 액션!

언빌리버블!

뭐 해! 아메리카노 갖다 드려야지!

아!

턱

턱

바쁘시네요.

아. 어서 오세요.

혼자 하다 보니. 흐흐….

14

사장님 안 계시는데도
카페가 잘 돌아가네요.

난 고비 씨가
허둥지둥할 줄
알았어요.

그래도 불안해요.
이제 겨우
몇 시간 지났잖아요.

우리
내기할까요?

앞으로 삼 일 동안
고비 씨가
해내는지
두 손 드는지.

꽤나
자신만만하네요.

좋아요.
뭘 걸죠?

서진 씨가 이기면
부모님께 인사 가고
내가 이기면
여행 가기!

호호호.
이겨도 져도
손해가 아니네요.
좋아요.

깨소금 냄새에
커피 향이
침몰 중입니다.

ㅎㅎㅎ.

커피 러브샷
부럽당

헉

헉

고비야, 도시락 묵어.
이거 냄새 안 나는 겨.

쟤 왜 그래?

긴장해서
그래요.

당황하지 않고 여유 있게
손님맞이하고 있고…
손님들도 커피 맛에
만족하고 있고….

다행이다.
잘했구나.

빨리 도시락 묵어라.
네가 안 먹으니께
내가 다 먹잖여어.

다른 날과
다를 게 없는데
왜 이리 맥이
빠질까? 헉헉.

일을
열심히 하는
남자의
모습은 넘넘
매력적이야.

때찌!!
때찌!!

고비 오빠랑 카페를 열고
오빠는 커피를 내리고 나는 빵을 굽는다.

오빵
오빵.

가윙
가윙.

아!
생각만 해도.

주루룩

너 왜 그래?

모기가
아직도….

얍얍!

삼 일 동안
잘 버텨야지! 암!
넌 할 수 있어!

선생님께
가장 먼저
보여드리고
싶었습니다.

수고했다.
내가 알려준
제작사 이사한테도
보냈겠지?

물론입니다.
이런 기회를
놓칠 수 없지
않습니까.
너무 긴장됩니다.

내일모레 그쪽과
약속 잡았으니까
그때 보자. 나도
읽어보고 나가마.

그날이 오늘!

아~ 이제 살 것 같다. 이 커피가 얼마나 그리웠는지….

오랜만에 오셨네요.

드디어 시나리오가 끝났거든요.

축하합니다.

사장님은요?

단풍 휴가 중이세요.

오! 그럼 고비 씨 혼자서?

사장님이 고비 씨를 믿는군요.

헤~ 선생님께 커피도 배우고 인생도 배우고… 호강하고 있습니다.

이번에 완벽하게
인정받고 싶어요.

나도 그래요.

이번에 꼭
인정받고 싶어요.

어이쿠!
자리가 없네.

저기 혼자 앉은 분
우리한테 양보하면
안 될까요?

안 됩니다.
그분은 매우 중요한
미팅을 기다리는
중입니다.

요다음 골목으로 들어가시면 카페가 또 있습니다.

그쪽도 분위기와 커피 맛이 좋습니다.

감사합니다. 다음에 꼭 와주십시오.

손님이 다른 가게 가는데 감사까지?

저런 바리스타 처음이야.

다음에 안 올 수가 없구먼.

시나리오를
읽으신 소감이
어떠신지요?

으음!

솔직히….

솔직히?

기대 이상이었습니다.
시나리오를 단숨에 읽었습니다.

어떤 장면에선 숨이 멎은 듯 긴장했고요.
할리우드 블록버스터급이랄까요.
신인이라고는 믿기 어려울 정도의
노련한 장면 전환도 인상 깊었고요.

!!!

장 선생님 제자다웠습니다.

이 시나리오 욕심이 납니다. 투자자 모집도 문제없을 겁니다.

휴우

오빠… 분위기….

응. 분위기 좋다.

계약이 성사될 것 같아.

미팅 계속 여기서… 했으면….

왜? 너한테 캐스팅 들어올까 봐?

크크. 꿈 깨라.

그런 게 아니고… 실제로… 남자 배우들 보면… 얼굴에서 빛이 난대….

아~ 유아인 보고 싶….

유아인?

헉

너 왜 그러니? 입방정아.

감독 선임 후에는 스토리 수정 요구가 있을 수 있습니다.

두어 장면은 너무 예술적인 강요를 하는 것 같아서요.

괜찮습니다. 고집부리지 않겠습니다.

바로 계약서
보내겠습니다!

예?

다른 제작사들 신경 쓰여서요.
하하하.

계약이 빨라도
제작이 빨리
된다는
말은
아니다.

!

맞습니다!
앞으로 길고
지루한 시간이
기다리고
있습니다!

그 기간
잘 버텨서
대박 한번
칩시다!

감사합니다!

선생님께 감사드리세요.
제 손에 직접 시나리오가
오는 경우가 드문데
선생님 덕분이죠.

장 선생님 이렇게 훌륭한 새끼작가한테 덕담 한 말씀 하시죠.

덕담보다 작가에게 질문이 있습니다.

?

넌 이 시나리오에 만족하냐?

!!!

오빠… 늦었어…. 집에 데려다줘.

다른 때는 혼자 어떻게 갔냐?

종일 도와줬잖아.

아. 알았어.

네 집 이쪽 아니냐? 왜 빙글빙글 돌아?

이 길이… 가원이가 좋아하는… 길….

자, 이제 들어가.

오빠.

응?

뽀뽀.

!

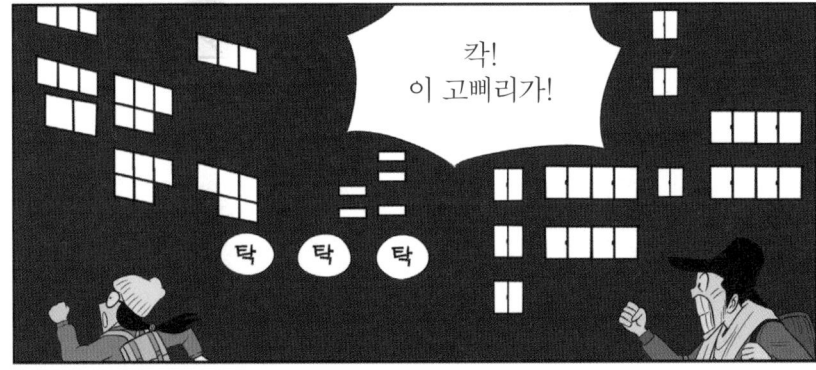

칵! 이 고삐리가!

탁 탁 탁

선생님, 내일 중에 계약서 보낸다고 합니다.

잘됐군.

그런데 말입니다. 제 시나리오가 별로라고 생각하시면서 왜 제작자를 소개해주셨죠?

스승과 제자로서… 업계 동료로서 그럴 수 있지.

어제 제게 물으셨죠? 시나리오에 만족하느냐고….

질문의 답은 예스입니다.

자네가 만족한다면 됐어.

선생님은 노죠?

그래. 노야.

선생님이 제일 좋아하실 줄 알았는데 정말 섭섭합니다.

제작자가 마음에 들었다는데 그거면 되지 않았나?

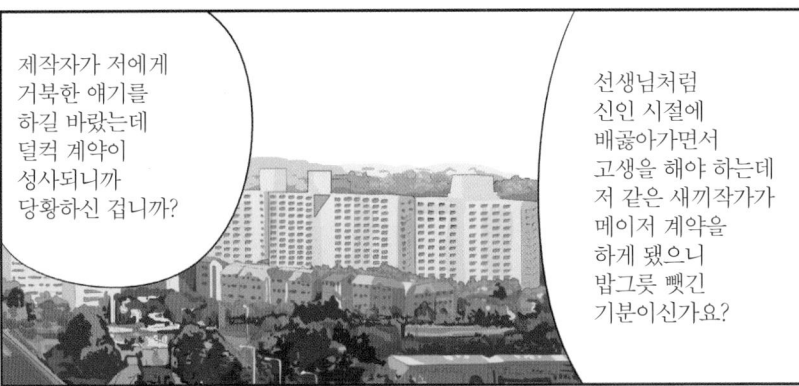

제작자가 저에게
거북한 얘기를
하길 바랐는데
덜컥 계약이
성사되니까
당황하신 겁니까?

선생님처럼
신인 시절에
배곯아가면서
고생을 해야 하는데
저 같은 새끼작가가
메이저 계약을
하게 됐으니
밥그릇 뺏긴
기분이신가요?

어허~
그렇게 생각해?

이 험난한 영화판에서
오래 버티려면
자기 자신을 알아야 해.
작가?
아무나 작가 하나?

영화판은
치열한 자본주의
현장 중의 한 곳이야.
그것도 피도 눈물도
없는 곳이야.

네가 없어도 영화판은 굴러가게
되어 있어. 하루에 나한테
봐달라고 애걸복걸하며 보내는
시나리오가 몇 편인 줄 알아?

이 거대한 산업에서 글은
한 번 쓰고 버리는
소비재로 취급되는 경우가 허다해.
그걸 이겨내야 작가가 되는 거야.

네 시나리오를
한 번 더 읽어 봐!
앞으로 네가 가야 할
길을 찾을 수 있을 거야!

내 마지막 충고야!

예! 염려 마십쇼!
분수 지키면서
메이저랑 계속 계약해서
빵빵 터트리겠습니다!

우루룩

바쁘세요?
천천히
드셔 보세요.

커피에는 삼삼삼
법칙이 있습니다.

커피가 무슨
과학도 아니고
거창하게 법칙씩이나…?

삼!
로스팅 삼 일 후부터!

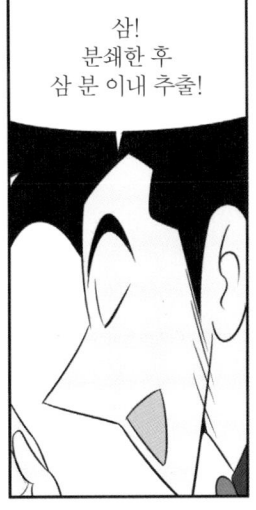

삼!
분쇄한 후
삼 분 이내 추출!

삼!
추출한 후
삼십 분 이내
드시는 게 가장
맛이 좋습니다.

추출한 후 삼십 분이면
너무 긴데?

커피가 식으면서
미묘한 맛의 변화가
생깁니다.

쓴맛, 신맛, 단맛에서
입안에서
느껴지는 향까지.

31

김 차장,
세 시간 후에
들어갈게.

다시 읽어봤다!
만족하냐고?
그래, 만족한다! 어쩔래!

선생님 안 계시는 삼 일 동안
2대커피를 지킬 수 있었던 것은
여러분의 도움 덕분이었습니다.

스승한테 너무 충성하지 마.
어차피 독립하면 남남이고
그다음은 경쟁자가 되고
급기야는 적이 된다니까.

그동안 같이 애써주신 여러분에게 보답으로 특별한 선물을 드리겠습니다.

제가 드릴 수 있는 건….

오직 커피밖에 없습니다!

삼 일 동안 고생했어요! 강고비 씨!

턱

사이폰!

처음 봐요.

진공 여과식 추출 기구인데요.
1840년 영국의 보일러 기술자
로버트 나피아가 고안했어요.
유럽에서 만들었지만
꽃을 피운 건 일본이고
우리나라에서는 90년대에
일본을 통해서 들어왔죠.

커피가 추출… 되는
과정을… 보면서…
눈이 즐겁고… 향도 좋아
코가… 즐겁고… 맛이 좋아
입이 즐겁고…
그래서 이 세상에서…
가장 즐거운…
커피라는… 애칭이….

너 또 더듬?

원리가
궁금해요.

그건
바리스타
에게
양보
합시다.

어머!
이 매너 봐!

팡 팡

뭐가
그리 즐겁대유?

작가 선배님도
오세요!

!

플라스크에 물을 넣고
알코올 램프를 켜서

열이 골고루
전달되도록
정중앙에 놓는다.

로드에 필터를
장착한다.

로드를 삐딱하게 세운다.

커피 가루는 로드에
미리 넣어둬도 되고
끓은 물이 로드로
올라올 때
넣어도 된다.

물이
끓으면
로드를
플라스크에
바로
끼운다.
물이
관을 타고
올라오기
시작한다.

어머!

물의 온도 차로 생긴
플라스크와 로드의
압력 차이 때문입니다.

모래시계를 세운 후
대나무 막대로
물과 커피 가루를 섞는다.

2분 후
알코올 램프를 끄면
로드에 있던
커피 물이
필터를 통과해
다시 플라스크로
쏟아진다.

저 크레마가
퍼지는 모습이
가장 황홀하고
아름다운
순간이죠.

이상
사이폰 커피
였습니다.

이걸로 어떻게 나눠 마셔?
티스푼으로?

호호.
기구가
하나뿐이라
커피가
부족하네요.
더 만들어
드릴게요.

빨리!

빨리!

고비 씨가 삼 일 동안 버틸 거라고 한 내가 이겼죠?

어디로 갈까요?

서진 씨랑 함께라면 부산행 기차 입석도 행복할 겁니다.

그런데 어떻게 알았어요?

저 미소요.

저 미소를 보면 띠그란 아코피얀이란 화가가 생각나요. 그 화가는 늘 관객의 행복한 미소를 상상하면서 그림을 그린대요.

그 화가가 이렇게 말했어요.

나는 선함과 아름다움의 힘을 믿는다. 나 자신에게 그리고 관객에게 그것을 선물하고 싶다.

고비 씨 커피 내릴 때 미소를 보면
자신이 만든 커피를 마실 손님을
먼저 생각한다는 것이 느껴져요.

그래서 그 커피를 받으면
행복해져요. 그 누가 미소가 담긴
커피를 싫어하겠습니까.

맞아요.
자신이 아닌 손님을
행복하게 하는 커피~
그게 광고비의 커피죠!

아, 오늘은 계시는군요.
단풍놀이는 어땠습니까?

아주 좋았어요.

어떤 아가씨 덕분에
더욱 특별한
단풍여행이었어요.

계약을
안 했다면서요?

그쪽
조건이
까다로
웠나요?

아뇨.

작가는 관객을 위한
시나리오를 써야 하는데
제작사와 투자자를 위해
시나리오를 썼다는 걸
알았거든요.
그래서 계약을 안 했어요.

앞으로는
관객들과
가까이에서
소통할 수 있는
글을 쓸 겁니다.

그렇게 하려면
독립영화 쪽이
나을 것
같아요.

역행이군요.

흥행 걱정은
하지 않아야 해요.

선생님과는
화해했나요?

아니요.

바리스타는
커피로 말하듯이
시나리오 작가는
시나리오로 말해야
하지 않겠습니까?

다음 작품을 보시면
절 용서하고
인정해주실 겁니다.

선생님이 작가님을
자랑스럽게
생각하시겠어요.

사장님이
고비 씨를 그렇게
여기는 것처럼요?

고비야,
들었지?

뭐 답이 있어야
할 것 아니냐.

예! 드시고 싶은
커피 말씀하십시오!

사이폰 커피!

지난번엔 그 커피 맛을
느낄 여유가 없었어요!

나는 선함과
아름다움의
힘을 믿는다!
나 자신에게 그리고
관객에게 그것을
선물하고 싶다!

기대하겠습니다!

오빠, 늦었어.
집에 데려다줘.

어디야?

문 앞…

오늘은
도와주지 않았잖아.
그냥 혼자 가!

커피가 없었다면 나는 아마
분별 있는 사람이 못 됐을 것이다.
-데이비드 레터맨-

∿24화∿
커피 매직

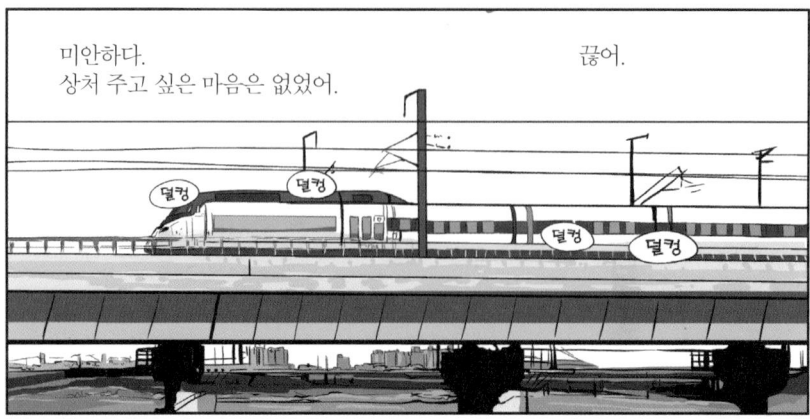

44

아~ 좋아라!

그렇게 좋아?

너무너무 좋아!

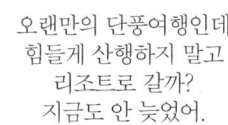

오랜만의 단풍여행인데
힘들게 산행하지 말고
리조트로 갈까?
지금도 안 늦었어.

난 단풍의
한가운데에
파묻히고 싶어.

!

가게가 걱정되는구나. 문자 왔어?

아니. 그냥 확인하는 거야.

잘하겠지. 자. 갑시다!

우와아! 단풍이 너무 곱다아!

아무리 곱다 해도 자기만큼 고울까.

깔깔깔! 천하의 무뚝뚝이 박석이 그런 말도 하나?

가게를 잠시 떠나니까 나도 생각할 여유가 생기고 좋네.

우리 가끔 나옵시다.

호호호! 누가 말려요?

아유우!
이쪽도 좀 봐!

절정이야!

잘 찍어.

아무리
초점을 맞춰도
단풍 때문에
묻혀버리네.

스윽

엇!

학생! 사진 찍는데
지나가면 어떡해?

전부 길을 막고
사진 찍으시는데
더 기다릴 수 없잖아요!

저런!
말투하고는!

예뻐!

책갈피 속에 단풍잎은 넣어봤지만 이런 건 처음이야.

호호호. 옛날 생각나지?

단풍사나이, 우리 뽀뽀합시다.

아이 참, 누가 보면 어쩌려고.

요즘은 길가에서도 뽀뽀를 낭비하는 시대예요. 어서!

우움.

!

뽁

헉.

헉.

앗! 들켰다!

헉.
헉.
헉.

휴우.

덕

혼자 왔어요?

혼자 등산하면 안 돼요?

!

!

복장이랑 장비가 부실해 보여요.

가을은 일교차가 크니까 항상 추위에 대비해야 하는데….

걱정하지 마세요. 가벼운 만큼 빨리 올라갈 수 있으니까요.

하긴… 해 지려면 아직 넉넉해.

자기야, 우리 커피 한잔 할까?

기다렸던 말!

50

언제 이런 건
준비했대?

아침잠 없는
나이가 됐잖아.

자, 아가씨도
한잔해요.

싫어요!
커피 안 마셔요!

커피가 뭐 좋다고
짐 되게 싸들고 와서까지
마시는지 이해가 안 되더라.

근데 아가씨
약간 삐딱하네?

잘못 커서
그래요.

까똑

!

전화 좀 받아라.

에잉!

51

어후. 힘들어.

이젠 하루하루가 다르구먼.

우리도 커피 한잔 하고 갈까?

엥? 커피? 안 챙겼는데? 대신 생강차 가지고 왔지.

아이고! 망했다!

내가 챙기라고 얘기했잖아!

환절기에는 생강차 이상 없어요.

그럼 생강차도 챙기고 커피도 챙겨야지!

52

그렇게 중요하면 당신이 챙기지 왜 나한테 그래요?

산장까지는 얼마나 남았죠?

반쯤 왔다고 내가 몇 번이나 말했는데 내 말은 안 믿어?

여기가 중간 지점이에요.

그것 봐.

이 산에 자주 왔나 봐요.

이정표가 있잖아요.

! !

어휴, 이제 반이라니~

시작이 반이라잖아. 이제 반 왔으니 다 온 거야. 힘내.

많이
힘드신가 봐요.

어제 손자들한테
시달렸더니
그러네요.

마법이 필요한 시간이군.

제가 기운 솟는
커피를 만들어
드리겠습니다.

그런 커피도
있대요?

그래서
커피 매직이라고
합니다.

아메리카노 커피에
무염 버터를 잘라 넣고

커피에 빠다를!

코코넛 오일을
한 숟가락 넣고 젓는다.

코코넛
오일까지!

블릿프루프 커피
(Bulletproof coffee)!
우리말로
방탄 커피입니다!

총알도 막아낼 만큼
힘이 나는 커피랍니다.
열량이 높아서
등산할 때 마시면
효과가 있어요.

티벳 고산에서 짐꾼들이
체력을 보충하려고
차에 버터를 녹여 마시는 걸 보고
만들어낸 커피랍니다.

버터는 원래 풀을 먹여 키운
소의 우유로 만든 걸 써야 하는데
구하기 쉽지 않아서
무염 버터로 대체했습니다.

오~!

생각보다
느끼하지 않고
향도 고소하고
맛있어요.

진짜 마술 맞네요.
힘이 나요.

저도 체력이….
ㅎㅎㅎ.

예. 드릴게요.

우리 아가씨도
한잔할까?

말도 없이
가버렸네.

헉.

헉.

단풍이고 뭐고 땅만 보며 걷게 되네.

힘내요.

또 뵙네요.

먼저 가겠습니다.

뒤처지기도 하고 앞서기도 하고…. 뭐 그런 게 인생 아닙니까?

우리는 알아서 천천히 갈 겁니다.

산장에서 뵐게요.

아직
안 올라갔구먼.

아.

아가씨, 빨리 안 올라가요?
금방 해가 질 텐데.

뭐야?
떨고 있잖아!

이런!

아가씨, 일어나서 이걸 마셔 봐요!

♪ ♪

응, 그래, 딸~ 선생님도 잘 올라왔어. 걱정하지 말고~ 우리 딸 잔소리는… 그만, 알았어. 조심히 다닐게. 나중에 꼭 같이 오자. 단풍 아주 예쁘더라. 응, 밥 챙겨 먹고….

역시 부부가 아니셨군요.

왜 그렇게 생각했죠?

밖에서 뽀뽀하는 부부는 없거든요.

호호호. 그런가? 남편 같은 남자친구예요.

제 아빠랑 이혼할 때는 찬성하더니
저 남자를 곁에 두려니까
막무가내로 거부하더라고요.

그래서 재혼은 안 하는 걸로
타협하셨나요?

사랑의 결론이
꼭 결혼이어야
할 필요는
없다고 봐요.

평생 잊지 못할 아름다운
풍경을 혼자 본 적 있어요?

처음에는
와~ 감탄하다가
그 감정을 함께 나눌
사람이 없으면
허무해지죠.

똑같아요.
그 매직 커피를
혼자 마신다고
상상해봐요.
얼마나 끔찍할지….

몸이
풀렸어요?

예. 뜨거운
기운이 확
올라오네요.

커피에 위스키를
넣었을 거예요.

아!

저녁 다 됐어요!

예!

아가씨 가요!
밥을 먹어야
힘이 나지.

아… 아니
전….

아가씨 밥까지
했다니까!

아우, 맛있다.

한잔해라.

아유, 힘들어서 아무 생각 없다.

치이이

치이이

나물에 싸서 드셔 봐요.

예.

저희가 가져온 음식이 너무 조촐해서 죄송합니다.

인생 뭐 있어요? 그중 먹는 재미가 으뜸이지요.

그 통에 죽어나는 건 나요.

대신 식사 후 커피는 제가 책임지겠습니다.

굿!

달이 좋던데 커피 들고 달맞이 갑시다.

당신, 생강청 안 마셔요?

그건 아무 때나 먹으면 되지.

힘들게 챙겨온 사람 성의는 생각 안 해요?

아!

꽉

생강청 직접 만드신 건가요?

예. 가을 생강이 좋잖아요.

제가 좀 써도 될까요?

그럼요.

아이고! 별걸 다 들고 오셨네!

'밥 먹을래' '커피 먹을래'라고 물으면 '커피 먹습니다' 라고 말합니다.

크ㅎㅎ.

융드립을 한 커피에
생강청을 넣을 겁니다.

우유를 끓여서
거품기에 붓고
거품을 내지요.

푸카

푸카

이 거품을
커피에 올리면….

완성!

자! 이걸 들고
밖으로 나가시죠!

아가씨도
우물쭈물하지 말고!

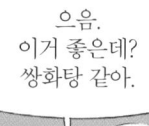

으음.
이거 좋은데?
쌍화탕 같아.

이거 선생님이
개발한 건가요?

탄자니아
커피에서
힌트를
얻었습니다.

그 나라에서는
얇게 저민 생강을
커피에 넣어서
마신다고
하네요.

마누라 성의를
보면 생강청을
먹어야 하지만
생강을 워낙
싫어해요.

그런데 이렇게 해주면
매일 생강청 마실 수 있겠다.
우유가 들어가서
속도 든든하고.

크크크!

아이고~
일을 만들어요.
아주….

우리는 능선 종주를 해서
삿갓재 산장까지 갈 겁니다.

이런 풍경, 함께할 날도 얼마 안 남았는데 다리에 힘 있을 때 다녀야죠.

안전 산행 하십시오.

저도 여기서 내려갈래요.

또 만나요.

매직이 필요하면 카페에 놀러 와요.

고마웠습니다.

안녕. 아빠.

삼 년 전 겨울에 이 산에서
돌아가신 아빠 기억이
나는 생생한데,
엄마는 재혼을 하겠대요.
용서가 안 되더라고….

아빠, 이젠
나를 놔줘요.
엄마를
이해하기로 했어.

괜찮아, 엄마. 그쪽 주차장으로 갈게.
서두르지 말고 천천히 와. 같이 온다고?
하긴 엄마는 장거리 운전에 약하니까….
알았어. 이따 봐, 엄마.

당신과 함께 커피를 마시며
이런 풍경을 마주하고 있어서
행복합니다.
이 마법 같은 순간을 함께
해줘서 고맙습니다.

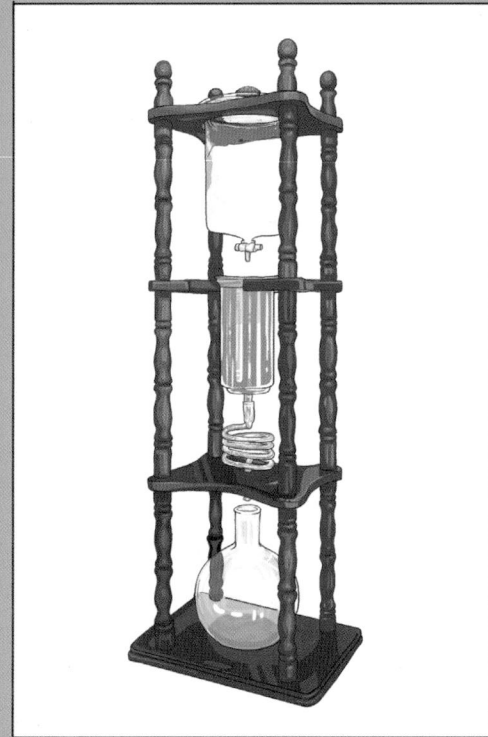

연준형 씨!
등기우편물입니다!

당신이 받아줘!

예!

법원에서
온 겁니다. 여기
사인해주세요.

!

법원?

내용증명!

토
토
토
토

뭐? 내용증명?

당신, 주차 위반
벌금 통지서네.

아이고, 지난번에 급해서
도로변에 잠깐 주차했는데
사진 찍혔나 보네. 미안.

내가 처리할게요.

고마워.

요새 동네가
너무 어수선하다.

기이잉

가게 보러 다니는
사람들이 많아졌어요.

TV에 자꾸 소개되니께 주목받아서 돈이 되겠다 싶으니께 사람들이 몰리는 거쥬, 뭐.

에잉.

덕분에 기존 상인들은 피박 쓰고 건물주들은 휘파람 불고 있어.

좌라락

실제로 계약 연장 못하는 분들이 늘어난대요.

우려하던 젠트리피케이션이 시작된 거유. 앞으로 더하면 더했지 덜하진 않을 걸유.

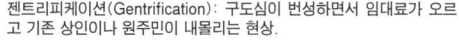

젠트리피케이션(Gentrification): 구도심이 번성하면서 임대료가 오르고 기존 상인이나 원주민이 내몰리는 현상.

선생님, 저희는 괜찮은 거죠?

명소 2대커피가 문제 생기믄 이 동네가 온전허겄서?

암 일 없을 거여.

우리보다
카페 부부가 문제다.

꾹

에?

건물주가
통임대했다는 소문이야.

통임대요?

한 사람이
건물 전체를
임대하는 거지.

소문이 맞는다면
곧 가게를
정리해야 할 거다.

부부가 사이좋게
일하는 모습이 예쁘더구먼….
안타깝네.

부우웅

부우우우웅

!

안녕하세요. 사장님, 저 카페 부부….

!

오늘 법원으로부터 이걸 받았는데요. 이달 말까지 가게를 비우라고 되어 있어요. 이거 사장님이 보내신 거 맞죠?

그걸 왜 나한테 묻나?

예? 건물주한테 안 물으면 어디다 물어요?

나 건물 없어요.

!!

제가 보낸 겁니다.
아줌마.

예? 왜 아드님이
이걸 보내요?

제 건물이니
제가 보내죠.

내용 증명에
제 이름이 있잖아요.

우… 우리는
사장님하고 계약했는데.
사장님, 어떻게 된 거죠?

거기 적혀 있는 대로 하면 됩니다!

사장님, 분명히
우리한테 오 년 편안하게
장사하라고 하셨잖아요.

그래서 사장님만 믿고
인테리어 공사도 새로
싹 했고 얼마 전에는
큰돈 들여서
로스팅 기계도
들여놨다고요!

두 달 전에
배관 공사할 때도
암말 없으셨잖아요!

무슨 소리인지
난 당췌….

예?

아버지 힘들게 하지 마세요.
치매 판정 받으셨습니다.

텅

이렇게 구질구질할 것 같아서
내용증명 보낸 건데
그대로 하면 되지, 왜 그래!

텅

사장님!

부우웅

뭐 해!
손님 오셨잖아!

라테가 아니라
카푸치노
주문했는데요.

아! 죄송합니다.
다시 만들어
드릴게요.

위이잉

!

왜?
남편이
그렇게
멋있어?

응. 멋있어.

로스팅 기계
들여놓길 잘했어.

열심히 해서
2대커피같이
되는 게 목표야.

무슨 일
있어?
어디 아파?

아프긴….

잠깐 바람 좀
쐬고 올게요.

찜질방이라도
다녀와.

법은 법으로 맞서야 해.
시민단체 소속 변호사한테
가서 상담받고 방법을 찾아봐.
길이 있을 거야.

으음….

구두계약도 법적 효력은 있습니다만 소송의 경우 녹취가 없는 관계로 변수가 많이 생길 겁니다.

거기에다 치매 판정까지 나왔으면….

사장님, 알아보셨어요?

응. 사실이구먼.

신의가 있는 양반이라 구두로 일 처리를 많이 했는데 이번엔 아들이 강하게 밀어붙여서 그리 된 것 같아.

자식 이기는 부모 없다잖아.

그동안 위층 가게들 나가는데도 몰랐을까요?

카페 부부 계약 만료일이 맨 뒤야.

위층들은 계약 연장에 대한
구두 약속이 없었고
2층부터는 권리금도 적으니까
조용히 넘어간 거겠지.

에휴.
있는 사람들이
더 하다더니.

아들 녀석, 내가
잘 아는데 워낙
욕심이 많아.

인테리어 비용에 커피 기계들
철수 비용을 물어주기 싫어서
아버지 치매 판정까지
받아놓은 거야.

나도 건물주지만 건물주는
대기업 통임대 유혹을 이기기 힘들지.

월세도 깔끔하게 한 번에
목돈으로 들어오지,
건물 깨끗하게 사용하지,
건물 가치 올라가지,
여러 가지로 매력적이거든.

사장님도 그런 제안이 오면 마다치 않으실 건가요?

난 인생의 가치를 돈으로 보는 사람이 아니야!

아무튼 아쉽게 됐어. 괜찮은 카페 중 하나였는데 말이야.

보증금이야 그리 큰 액수도 아니고 권리금을 받아야 다음 기회를 잡을 수 있을 텐데 대기업 상대하기가 만만치 않을 거야.

안녕하세요. 사장님.

이게 누구야? 2대커피 바리스타 강고비 님이잖아!

ㅎㅎㅎ.

지금 어딜 가?

우유 사러 슈퍼에 갑니다.

내가 제일 부러워하는 사람이 누군지 알아?

?

바로 강고비야!

나도 박석 사장님 밑에서 일 년만 일해봤으면 소원이 없겠다!

2대커피에 견줄 만한 카페 사장님이 그런 말씀 하시면 어떡해요?

그런 말 마. 난 2대커피와 한동네서 장사하는 것만도 영광인 사람이야.

어휴. 월세가 너무 세네요.

요새 가장 뜨는 동네 아닙니까? 그 정도는 예상하셔야죠.

그래도 우리 카페나 2대커피는 좋은 건물주 만나서 다행이지?

여기는 보러 오는 사람이 없나요?

내놓지 않았으니까 보러 오는 사람도 없지.

수… 수고하세요. 가볼게요.

근데 이 사람은 요새 바람이 났나. 어딜 가서 아직 안 와?

이 건물은 포기하세요.

곧 리모델링 들어갑니다.
대기업이랑 통임대
들어갔거든요.

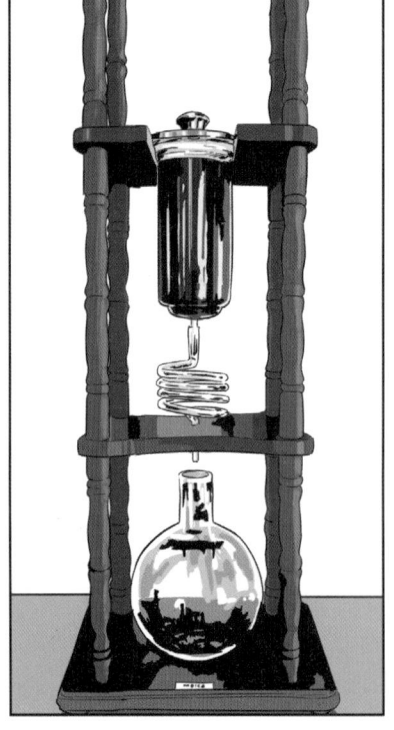

주르르록

다녀왔어요.

좀 늦었네.

어디 갔다 오는 거야?

여기저기 밀린 일 좀 보고 왔지.

여기저기 새 가게 보러 다녔나?

여보!

우리 이제 어쩌면 좋아!

이제 자리 좀 잡나 싶더니 또 이러네.

커피 부부입니다. 이걸 드셔 보세요.
더치커피, 정말 정성스럽게 내린
우리 가게 시그니처 메뉴입니다.
사람들은 더치커피가 네덜란드 상인들이
인도네시아에서 수확한 생두를 수송하다
생겨난 커피로 알고 있는데,
사실 아니랍니다. 네덜란드 사람들한테
물어봐도 모릅니다.
일본 사람들이 상업화한 겁니다.

한 번만 드셔 보세요. 이런 더치커피 어디 가서 쉽게 드실 수 없습니다. 사장님도 좋아하신답니다. 제가 이 커피로 열심히 해서 건물의 가치를 올려놓겠습니다. 믿어주십시오.

혼자 많이 마셔!

팍

떡

그동안 마음고생 심했지?

미안해.

당신이 미안할 게 뭐 있어?

더럽다고 회사에 사표 낼 때 당신이 말렸잖아.

말 안 듣고 장사하다가 두 번 말아먹고….

빚도 조금씩 갚아가고 단골도 늘어나고…. 이 년 동안 정말 열심히 했는데….

카페 하면서는 행복했잖아.

그렇긴 하지만….

조금 더 나아가기 위해 꿈에 그리던 로스팅 기계도 샀는데….

그런데 이게 뭐야.
남은 빚은 어떡하고
애들은 어떻게 키우냐.

그… 그만!

오늘부터 커피 부부는
문을 닫습니다.
필요한 물품이 있으면
사가세요.

-부부 카페-

테이블이랑
의자는 얼마죠?

컵하고 접시가
아주 예쁘네.

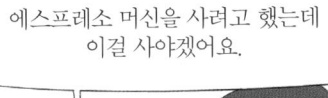

에스프레소 머신을 사려고 했는데
이걸 사야겠어요.

원두커피가
거저네!

이 로스팅 기계!

거의 새것인데….
중고로 내놓기 아까운 건데.

이봐,
너 로스팅 기계 필요하댔지?
빨리 와봐!

선생님, 우리는
어떤 걸로 살까요?

저게 좋겠다.

원두가 그대로
들어 있습니다.
뺄까요?

그대로.

고맙습니다!

그동안 너무
고마웠습니다!

tea beverage coffee

쿵

꽈당

탁 탁

세상에!
커피 부부의 간판도
없어지고 기다렸다는 듯이
공사를 시작하는구나.

오늘 데이트는
밝지 않겠어.

어서 오세요.

틱

나 퇴근한다.
마감하고 집에 가라.

97

이렇게
일찍 가세요?

빠이빠이. 나랑
데이트할 거거든.

데이트는 다음에!

!

나 예쁘게
입고 나왔는데
이게 뭐야!

2대커피

Daily

사모님이 여기 갔을 거라 하더군.

마음은 진정이 됐나?

얼마나 됐다고요.

노을을 보고 있었어요.

가게를 할 때는
노을이 예뻤는데
지금은 핏빛으로 보여요.

죄송합니다.
많이 도와주셨는데….

별말을
다 하는구먼.

사장님,
한 가지 물어볼 게 있어요.

제 커피 어땠어요?
괜찮았죠?
마실 만했죠?

아니.

!!

역시 그랬군요.

카페에 미련이 남았군.

아니요.
어차피 돈도 없고….
사장님께 그런 평가
받으니까
속은 후련한데….

공허한 건
채울 수가 없어요.
눈물이라도 흘리면
좀 나으련만….

자! 마셔!

더치커피일세.

아!
사장님 커피는
역시….

자네 더치커피야!

예?

서울만
사람 사는
곳인가.
지방도
원두커피
붐이 일고
있어. 힘내.

그럼, 이만.

참! 자네 커피는
숙성을 잘해야 해.
그래야 맛이
정점에 이르지!

더치커피는 열 시간에서 열두 시간 동안 물을
이삼 초에 한 방울씩 떨어뜨려 얻은 결과물이다.
그래서 더치커피를 일명 커피의 눈물이라고도 한다.

울어라 울어!
눈물이라도 나와야
할 것 아니냐!

26화

아이리시 커피

돌이켜보면 그는 늘 내 주변에 있었다.

자!

헉! 이 콘서트 티켓 어디서 구했어?

암표상들도 구하기 힘들어서 난리 났다던데….

나 이 콘서트 가고 싶었어.

말고!

지우 갖다 줘.

읔!

너 이거 지우 애인이 원하는 티켓인 거 알지?

응.

드라마가 아니고서야
어째 이런 일이…

덜컥

어려서 한눈에 반한 여자를,
성인이 되어서도 고백도 못 하고
늘 주변을 맴돌면서
그냥 친구로만 지내는 순정파.

철준이 중학교
시절이니 십오 년이
넘는 사랑이네.

좌악

여기 몇 번
왔었는데
별로던데….
뭐가 그리
좋은지
지치지도
않아.

마라톤 주자가
묵묵히 달리다 보면
어느 순간 앞 주자와
나란히 달릴 기회가
오게 되지.

결국 좁히지
못하면?

다른 경쟁 상대를 찾거나
포기하거나….

툭

당구?

굿!

진 사람이 저녁 사기!

잘 먹을게.

알았어. 금방 간다!

미안! 당구는 내일 치자!

야! 야! 지가 먼저 치자고 옆구리 찌르고선!

뭐 안 좋은 일 있어?

오늘 저녁 콘서트 안 가?

이거 필요 없게 됐어.

이런 거 하지 마. 오빠가 오해한다고.

아… 알았어.

…

안 받아? 오빠가 바쁜가 보네.

커피 마실까?

술 마시자.

그래.

아니, 커피가 낫겠어.

그래.

아니, 집에 갈래.

왜 불렀어?

알잖아.

뭘?

요새 지우가
전화를 통
안 받아서…
문자도 없고….

병원에 입원했다!

뭐? 왜? 어디가 아파서?
병원에서는 뭐래?

오빠한테
이별 통보를 받아서
마음이 아프시단다.

그걸
왜 이제야 말해?

흥분하지 마.
그거 다 액션이야.

병원에 누워 있으면 오빠가 다시 돌아올 줄 알고 저러는 거지.

회사에 출근해야 하니까 곧 퇴원할 거야.

벌떡

야! 병원도 모르잖아!

…

지우야!

넌 뭐하러
왔어?

오라는 오빠는
안 오고
내가 와서
미안하다.

뭐 필요한 것
없어?

다 귀찮아!
너도 가버려!

떨럭

네가 왜 오빠가
아닌 거야.

좋아하는 초밥 사왔어.
뭘 좀 먹어야지.

커피 마시고 싶어.
2대커피.

겨울 바다
근사해.

다행이다.

이럴 때일수록
즐겁게 보내야
잡념이 안 생겨.

그럼 내일도 모레도
즐겁게 해줘.

응?

나랑 사귀자고
바보야.

만나면 뭐 해?

같이 밥 먹고
커피 마시고
손잡고 산책하고
영화 보고 뭐
다 비슷비슷하잖아.

오늘도 데이트?

응. 하루에
데이트를 두 번 세 번
했으면 좋겠어.

그래서 결혼하는 거지.
죽고 못 사니까….
붙어 있고 싶어서….

오늘 작품들
좋더라.

응….

크리스마스에 뭐 할까?
우리 공식적으로
사귄 지 한 달 됐는데
특별하게 보내고 싶어.

응.

여행 갈까?

아니.

왜 오늘은 대화가 뚝뚝 끊겨?
응… 아니… 응… 아니….

철준아.

왜?

나 샌프란시스코로
발령 났어.

사 년은 거기 있어야 해.
아니면 더 길어질 수도 있고.

회사에서 세 번째
제안이거든.

두 번은 그전
오빠 때문에 포기했는데
이번까지 거절하면
회사 생활이 힘들어질 거야.

그럼 당연히 가야지.
한 번씩 외국 근무하는 것은
승진 케이스잖아.

지우 회사에서
인정받고 있구나.

그래. 언제
가는 건데?

다음 주
금요일.

그렇게 빨리?
일주일도
안 남았네!

네 눈치 보다가
말 못 했어.
미안해.

휴대전화로 얼굴 보면서 애기하는 시대인데 미국이라고 달라질 게 있나 뭐….

그건 뭐야?

CD 앨범. 지우 주려고.

그동안 지우랑 찍은 사진을 모았어.

샌프란시스코에 가서 칙칙할 때 보면 좋겠지.

뭐? 아직 정리가 안 됐어?

뭔 정리? 앨범 정리?

지우가 말 안 하던?

응? 무슨 말?

내가 정말
못 살아.

그 가시나가 이번에
안 가면 회사에서
잘린다고 했지?

잘린다고는 안 했고
힘들어질 거라 했어.

그 말이
그 말이지!

그거 다 핑계다!
그전 오빠를 잊기
위해서 널 만났는데
그게 안 되니까
샌프란시스코
가는 거야!

등신아, 내가 이런 얘기
안 하려고 했는데 지우는
너 만나는 동안에도
몇 번이나 그전 오빠를
찾아가서 다시 만나자고
애원했다고!

또 상처받기 전에
네가 먼저 끝내버려!

외롭고 힘들어서
잠깐 너한테
의지했던 거야!

아이리시 커피로
청혼해야겠어요.
사장님께서 도와주세요.

으음. 환상적이군.

아이리시 커피는
제2차 세계대전
직후 섀넌이라는
도시의 공항에서
태어났지.

당시
수상 비행기를
기다리면서
추위에 떨었을
승객들에게
이만한 음료도
없었을 거야.

강배전 원두가
필요하지?

예.

얼마든지!

서버에
흑설탕을 담고

융드립!

아이리시 위스키를
서버에 부어주고

아이리시 커피는 드립으로 내린
커피가 기본인데 위스키 맛과
향에 압도되지 않으려면
에스프레소만큼의 진한
바디감과 응축된 맛이 필요하지.

서버를 버너 위에 얹고
따끈하게 데운다.

우유에서
지방분만을
분리한
생크림으로
휘핑크림을
만들고

위이이잉

121

플로팅이라 긴장되네요.

플로팅(floating): 각 음료의 밀도 차이를 이용해서 층을 만드는 기법.

완성!

올 시간이 됐어요.

혹시… 혹시 말이야. 청혼을 거절하면 어떡하지?

어느 순간 알게 됐어요. 이 세상에 태어날 때 저는 신에게 사랑의 카드를 단 한 장 받았다는 것을….

그 한 장을 쓰고도 사랑을 얻지 못하면 포기해야죠.

안녕하세요.

어서 와. 지우야.

서빙은 제가 할게요.

어머! 아이리시 커피네!

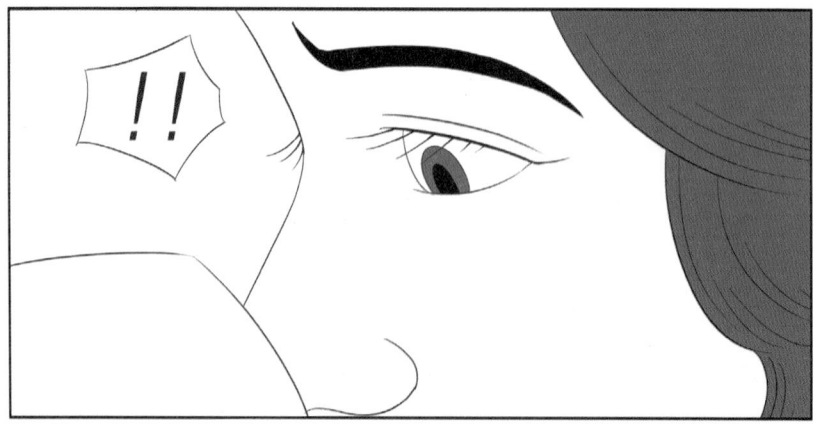

결혼해줘.

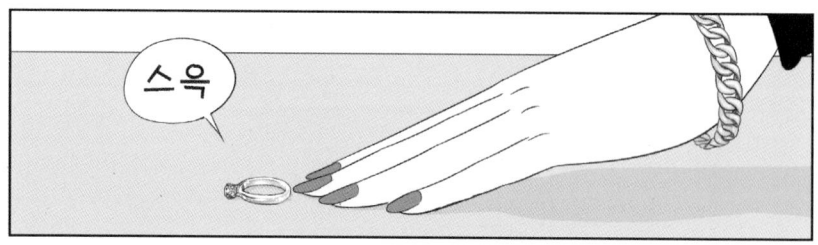

스으윽

미안해.
이미 결정한 일이야.

커피 한잔? 마침 지우에게 소개해주고 싶은 카페가 있어.
회사 근처에 그런 카페가 있다는 건 행운이지.

여기 아이리시 커피가 끝내주거든.
그 커피, 아일랜드에서 탄생했지만 전 세계적으로 가장 유명한 곳은
바로 샌프란시스코의 브에나비스타 카페지.

In 1952, Jack Koeppler, who was the owner of the cafe at that time, challenged the travel writer Stanton Delaplane to re-create "Irish coffee" served at Shannon Airport in Ireland.

1952년, 이 카페의 오너였던 잭 코플러가 여행 작가 스탠튼 델라플레인에게 아일랜드 새넌 공항에서 제공되는 유명한 아이리시 커피를 재창조하자는 제안을 했고 이에 둘이 합심해서 탄생한 커피야.

Hey, What's wrong?
(이봐, 왜 그래?)

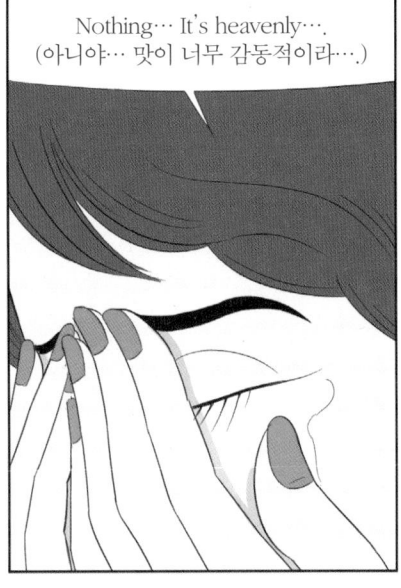

Nothing… It's heavenly….
(아니야… 맛이 너무 감동적이라….)

이제야 알았다. 그는 항상 내 주변에 있었다.
그가 나를 위해 아이리시 커피를 준비했던 이유는
날 붙잡으려고 했던 것이 아니라 떨어져 있어도
나와 함께 있고 싶었기 때문이란 것을….

기다려.
반지 다시 받으러 갈게.

쏴아아아

쏴아아아

기이잉

지우야, 여기야.

오랜만이야.

얼마나 보고 싶었는지 몰라.

미국 생활 어땠어?

객지 생활이란 게… 외로움만 더하지 뭐….

철준아.

응.

그때 그….

아, 잠깐.

응. 나 미팅 중이야. 민선이 옆에 있어? 바꿔 봐.

응! 응! 민선아, 아빠야.
그래, 금방 들어갈게. 응?

내 딸이야. 예쁘지?
눈이 나랑 똑같대.

나 빨리 가봐야 해.
딸이 뭐라고 했는 줄 알아?
"아빠, 짜랑해요. 빨랑 오세요."

상무님, 미국 지사
제 후임 발령 났나요?
아직 안 났으면
제가 다시 갈까 봐요.

EDIYA COFFEE

커피는 뜨거울 때랑 차가울 때의
향기와 맛이 다르다.

27화
상화도

여기는 전라남도 여수시 앞바다에 있는 상화도라는 작은 섬입니다.

서른다섯 가구에 주민은 50명, 대부분 60대 이상입니다.

농사는 거의 짓지 않고 바다에 기대어 생활을 꾸려나갑니다.

형제가 다섯이었는데
넷은 육지로 나가 살고
막둥이인 저만 어머니와
살고 있습니다.

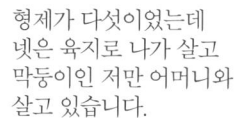

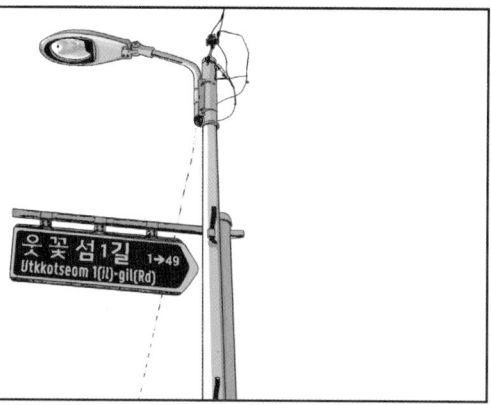

저도 이 섬에서 나가
도시에서 칠 년간 작은 공장의
보급 반장을 지내면서
산 적이 있습니다.

공장에서 눈여겨봐 둔
색시도 있었지요.

서른두 살 때입니다.

추석 명절 때
섬에 왔는데
매년 자식들이 섬에
들어오면 뱃머리에서
마중하던 어머니가
안 보이시는 겁니다.

예감이 이상해서
부리나케 집으로
뛰어올라 갔죠.
아니나 다를까.

어머니는 발을 헛디더
다리를 다쳐서
꼼짝 못하고 마당에
앉아 계셨습니다.

어머니는
옛날 모습대로
항상 그 자리에
계시는 줄
알았는데,
자식들이
장성한 만큼
에너지를 뺏긴
어머니는
바람 빠진
풍선 같았습니다.

그날 이후
육지 생활을
청산하고 섬으로
들어왔습니다.

그때 놀라던
어머니의 얼굴이
생생합니다.

이 썩을 놈아
왜 섬에
들어왔냐.
육지서
사고 치고
도망 온 것
아니냐.
나랑 같이 회사
사장님한테 가서
잘못했다고 빌자.

막무가내로 엉덩이를
디밀고 들어온 막둥이가
그렇게 미웠을 겁니다.

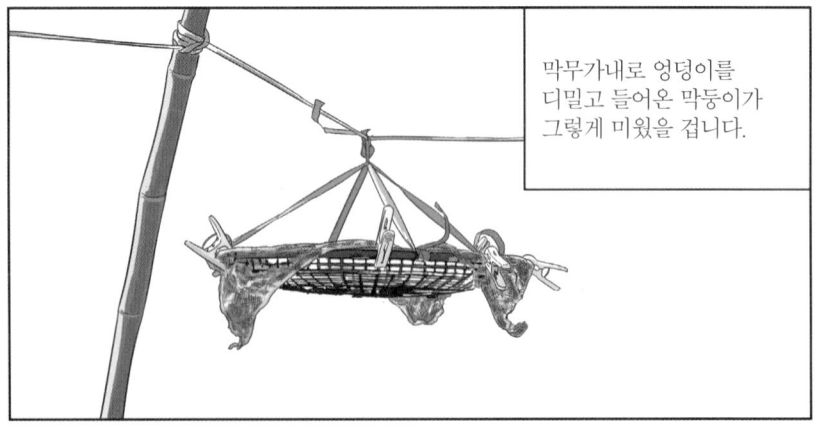

140

한번은 어머니가
저를 뒷산으로
쫓아 보냈습니다.

섬에 순경이
들어오는 걸 보고
막둥이를 잡으러
왔구나 싶어
도망치게
한 것입니다.

설 명절 때 다니러 온 형제들도
이 갑갑한 곳으로 돌아온
저 때문에 난리가 났었습니다.

혹시 막둥이가
고자가 아니냐고
어머니한테 묻기도 했습니다.

아무 일 없이 한참
시간이 지나
어머니도 안도하시는 듯했으나
여전히 섬에 들어앉은 막둥이가
불만이었습니다.

저만 보면
소리쳤죠.

이 썩을 놈아
빨리 여기서 나가라.
너 때문에 애미 간이
다 녹아버리겠다.

그러나 사실 당신 옆을 막둥이가 지키고 있는 것이 무척이나 든든하셨을 겁니다.

원래 섬에서 태어나 자란 저는 섬 생활에 다시 적응하는 것은 어렵지 않았습니다.

봄에는 오징어랑 서대랑 양태 잡는 걸 도와줬고

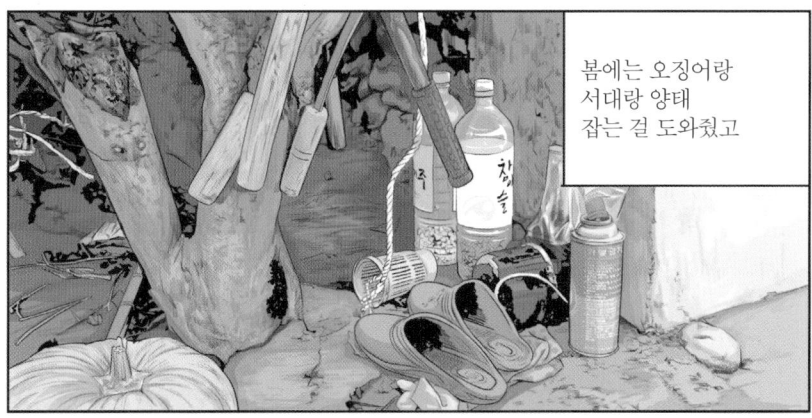

여름, 가을, 겨울은 장어와 문어,
게를 잡는 걸 도와주면 모자가
먹고사는 것은 해결됐습니다.

소도 한 마리 사서
키우기도 하고

고구마도 심고
무, 배추,
고추를 심고
시간이 나면
섬 주변에서
낚시로 잡은
군평서니의
배를 갈라
말렸다가
어머니께
구워드렸습니다.

저는 허리가 굽은
어머니의 네 발 달린
유모차였습니다.

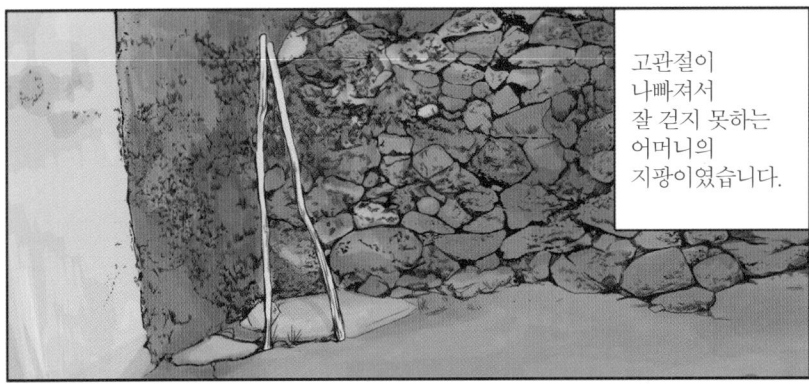

고관절이
나빠져서
잘 걷지 못하는
어머니의
지팡이였습니다.

귀향한 막둥이에
대한 분노가
포기로 바뀔 즈음
어머니가
쓰러지셨습니다.

자궁암.

하혈을
하면서도
제게 숨기고
한마디
안 하셨지만
그게 감춰질
일인가요.

키우던 소를 팔고 빚을 내서
어머니 병을 고치고자
육지로 나다녔습니다.

그러나
그렇지 않습니까.

암이 닥치면
그놈을 피해 가는
사람들이
많지 않지요.

어머니도 그놈을
이기지 못하고 그만
가시고 말았습니다.
이 년 전입니다.

장례 때
형제들이
육지로 나가자고
성화였습니다.

동네 사람들도
혼자 남은 제가
섬 생활을 접고
육지로 나갈 거라고
수군거렸습니다.

어머니의 유언도
그랬습니다.

이제 막둥이의
임무는 끝이
났습니다.

섬에 들어온 이유는
홀로 지내는 어머니가 눈에 밟혀
곁에 있고 싶어서였습니다.

이제는 꼭 여기
있어야 할 이유가
없어졌습니다.

그러나 이제는 육지로
갈 수가 없습니다.

서른둘에 섬에 들어와서
지금은 쉰넷.

육지로
나가려고 해도
물정에 어둡고
사람들에게
치일 걱정도 많고
이 나이에
잡힐 직장도 없고
재산이라고는
이 오두막 하나와
손바닥만 한
땅뿐입니다.

물으로
나갈 수도 없고
나갈 생각도
없습니다.

어머니가
그랬던 것처럼 저도
어머니처럼 살다가
어머니 곁에
눕는 수밖에
없습니다.

오늘은
부탁한 물건을
뱃머리에
나가서
찾아왔습니다.

젊었을 때 배운 이것이 지금까지 유일하게 갖고 있는 육지 생활의 흔적입니다.

이것은 섬 생활의 단조로움을 견디게 해줬습니다.

미운 막둥이가 내놓는 이걸 어머니도 좋아하셨습니다.

이걸 들고
어머니에게 갑니다.

누워 계시는 곳 앞에 앉아
먼바다를 배경으로 섬 생활을
힘들게 끝내신 어머니를 만납니다.

위안의 맛.
커피믹스.

28화

로스터의 마음

어?

2대 커피

고비야,
손님이 안 계시냐?
밖에서 뭐 해?

저….

여자 손님이 계신데요.
저한테 관심이 있는지
자꾸 눈길을 줘서
불편해서 나와 있습니다.

아 이놈의 인기~
어떡할 거야~.

내 경험상
오해일 확률 90퍼센트야.

하 참~
보면 아실 거예요.

낯익은
얼굴인데.

어머! 어머!
저 여자 그 여자야!
민선경!

그래서 이렇게 간곡하게 부탁하러 왔어요.

여자 로스터라…
너무 멋있다.

저도 감독님 제안받고 꿈인가 생시인가 했답니다.

십 년 전에 은퇴한 여배우를 스크린 앞으로 불러내다니 역시 홍신일 감독이야.

후~
헛다리네.

죄송합니다.
안 되겠습니다.
영업에 방해가 됩니다!

에이. 너무 매몰차다아.

손님이 안 계시는
새벽이든
늦은 밤이든
괜찮은 시간에
오겠습니다.

다시 한 번 생각해주세요.
최종 오디션까지
삼 주 남았거든요.

주연으로
캐스팅된 것이 아니라
오디션을 본다고요?

원래 주연 제안을
받았는데 투자사에서
반대했나 봐요.

이해해요.
흥행을 생각하면
저라도 그랬을
테니까요.

그래서 경쟁이
붙은 거군요.

그쪽에서 미는
여배우는
누구죠?

차린.

허걱! 요새 최고 핫한 배우가 뭐 아쉽다고 이런 예술 영화에 출연한다는 거야.

게다가 연기력이 얼마나 꽝인데.

핫하니까 욕심내는 거죠.

홍 감독 영화에 출연하면 연기력 논란이 사그라지고 주가는 더 올라갈 테니까…. 하여간 이 장사꾼들….

아~ 머리 가려

유명한 로스터리 카페가 많은데 왜 꼭 여기여야 하죠?

솔직히 저 커피 잘 몰라요.

커피 마니아가 여기를 추천하더라고요.

도움을 청할 때는 적어도 두 가지를 갖춰야 합니다.

먼저 합당한 예의이고
그다음은 사람의 마음을
움직일 수 있는
카드가 있어야지요.

둘 다 없다면
관심이나 열정이
없다는 뜻입니다.

굳이 그런 사람에게
제 소중한 시간과 장소를
내줄 필요가 있을까요?

개인적인 사정으로
배우를
포기했었습니다.

그런데 서른두 살에 다시 배우가 되기 위해
다니던 직장에 사표를 냈습니다.
더 이상 물러설 곳이 없습니다. 제발….

자기야~

나온다!

덜컥

쫓아!

우리도 경쟁에 휩쓸린 기분이야.

좋은 성과를 내려면 동질감은 필수지.

차린은 최고 인기 여배우인데 이길 수 있을까?

이쪽은 연기력이 되잖아.

우룩

홍 감독은 왜
민선경을 점찍었을까?

10년 전에 그만둔
이유는 뭐였을까?

계속했으면 아직도
톱스타 자리를
꿰차고 있을 텐데….

우리는 로스팅
자문일 뿐이야.

그런데 자기야,
민선경이 예뻐?
내가 예뻐?

윽!

어떤 것부터
시작할까요?

163

청소!

!

원래 이런 것부터 하는 건가요?

글쎄요. 직원이 아니니까 안 해도 되는데?

다음 날

빨리 해보고 싶은데….

서두르지 마세요. 다 생각이 있으실 겁니다.

또 청소?

일주일째예요.

툭

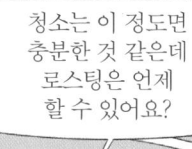

청소는 이 정도면 충분한 것 같은데 로스팅은 언제 할 수 있어요?

저, 선생님.

로스팅은 화려하거나
재미있는 일이 아니죠.

촤라라라

촤라라라

처음에는 관심을 보이다가 결국
지루함 때문에 열에 아홉은
포기합니다.

촤라라

촤라라라

차린은 벌써
로스팅을 끝냈다는
소식이 들려서요.

정말 너무하네요.

이렇게 청소만
시킬 거면 왜
허락하셨어요?
저는 아르바이트
온 게 아니잖아요.

그런데 남은 시간을
청소하느라 다 보냈어요.
난 어떡해야 하죠?

...

들어와요!
시작합시다!

정말요?

고맙습니다!
정말 고맙습니다!

길지
않습니다.
13분 24초면
됩니다.

예?

자, 지금부터 시작할
테니까 똑똑히 잘 보세요.
한 번 더는 없습니다.

고비야, 동영상 좀
찍어다오.
연습하려면 한 번으로는
부족하니까.

옛!

필요한 만큼 원두를
저울에 달고

생두 2킬로그램을
호퍼에다 붓고

좌아악

꿀꺽

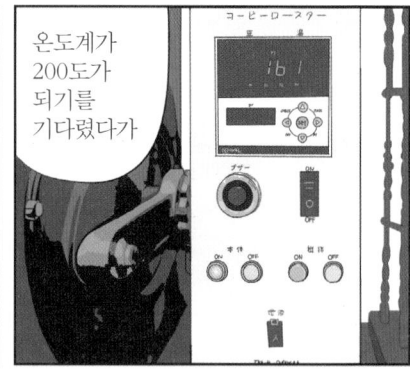

온도계가
200도가
되기를
기다렸다가

호퍼 안의 생두를 내려보냅니다.
차가운 생두가 들어가면
온도가 떨어질 겁니다.

이제부터
기다리면
됩니다.

그러면
서서히 온도가
다시 올라갑니다.

로스팅이란 생두에서 수분을 빼면서
속까지 골고루 익히는 것입니다.

그… 그냥
기다리는 건가요?

통은 돌아가고
불이 알아서
볶아줍니다.

위이이잉

때에 맞춰
불 조절만
잘해주면
됩니다.

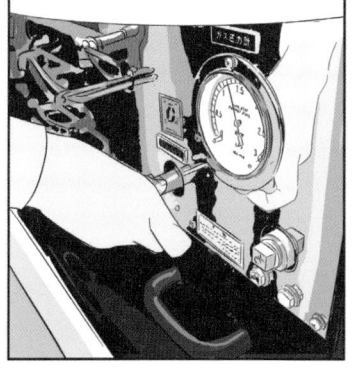

촬영 중간중간에
가스 레버를 조금씩 돌리면
그럴듯하게 보일 겁니다.

이 핸들은
뭔가요?

댐퍼.
일종의
창문이죠.

안에 공기가 탁하면
살짝 돌려서 환기를 시켜주고….
뭐, 안 해도 상관없습니다.

아무튼 기다리는 동안 지루하면
휴대전화 게임을 해도 되고
뉴스를 봐도 되고 문자 놀이를
해도 됩니다. 독서도 좋아요.

탁

탁 탁

타타탁

1차 팝핑.

팝핑(popping): 내부 압력에 의해 커피콩이 부풀어 올라 파열음과 함께 터져 벌어지는 것.

이 소리가 들리면 커피 색깔을
확인하고 조금 기다렸다가 꺼냅니다.

좌아악

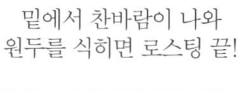

밑에서 찬바람이 나와
원두를 식히면 로스팅 끝!

내일부터
동영상을 보고
연습하세요.

음….

축하합니다.

예?

내일부터는
민낯으로 오시래요.

원래 로스팅실에서는
컵라면도 안 먹거든요.
원두 향 이외의 냄새는
로스팅에 방해됩니다.

아!

다음 날

아우, 허리야~.

우둑

ㅎㅎㅎ.
인도네시아 만델링은
결점두가 많아요.

힘들면 쉬세요.
제가 할게요.

아네요.
이 정도
가지고 뭘….

처음엔 물 위의 기름 같더니
이젠 한 식구 같아.

오늘은 브라질 산토스 생두로 로스팅합니다.

로스팅하기에 가장 무난한 생두 중 하나죠.

기회는 세 번. 두 번은 나와 함께, 마지막은 선경 씨 혼자서 합니다!

가능할까요? 떨려요.

제가 알려드리는 포인트만 기억하고 촬영 현장에서 산토스로 볶는다면 무리 없을 겁니다.

그리고 중요한 건 기술이 아니라….

마음이죠.

그래요.
로스팅은 마음으로
하는 겁니다.

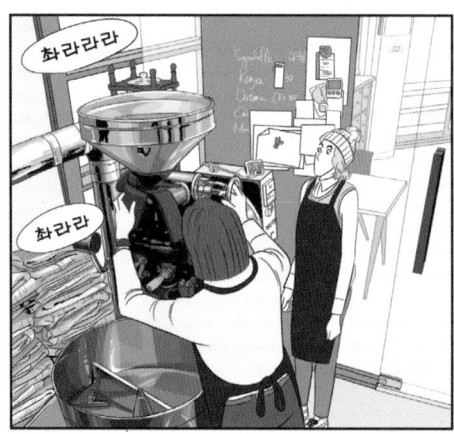

좌라라라

좌라라

이 소리를
들어보세요.

점점
경쾌해지고
있어요.

좌라라라

좌라라

이것이 바로
수분 빠지는 소리죠?

그동안 제 몸의
수분을 빼시느라
고생하셨습니다.

어머! 차린이랑 선경 씨가 홍신일 감독의 차기작 주연 물망에 올랐다는 기사가 떴어.

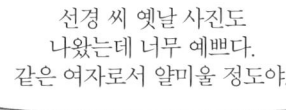

선경 씨 옛날 사진도 나왔는데 너무 예쁘다. 같은 여자로서 얄미울 정도야.

그나저나 아직도 안 오네.

선생님! 문자가 왔습니다. 개인 사정으로 못 온답니다.

그래. 잠깐 숨 돌리는 것도 나쁘지 않지.

다음 날

또 안 와?

숨을 오래 돌리는데?

포기?

175

고비야, 오전 러시 준비하자!

옙!

쏴아

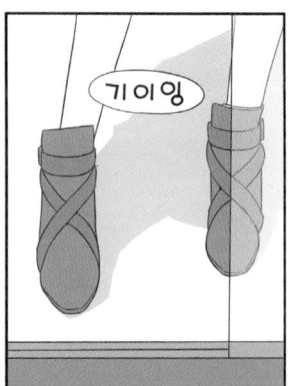

기이잉

차… 차… 차린!

!

우리 한물간 선배님은
어디 계시나?

차린 씨가
여기 웬일이야?

!

웬일이라뇨?

선배님이
이렇게 열심히
준비하시는데
후배가 당연히
찾아뵈야죠.

고맙네.
준비는 잘돼 가?

저야 뭐….
워낙 훌륭한
선배님들 모시고
배운 터라 금방
마스터했지요.

그래? 난 아직이야.
연습해야 하니까
이만….

아, 며칠 동안
못 오셨죠? 마음이
조급하시겠다아.

!

며칠째 안 나온 거
어떻게 알지?

딸이 고열이라는데 이것보다
병간호가 더 중요하지 않나요?
아빠도 없는데….

곧 기자들이
몰려올 텐데
어떡하실래요?
제 입으로 말할까요?

네가 알고 있을 정도면
모두 알고 있는 거지.
미혼모라고 숨기고 살아온 것이
들통날 게 무서웠다면
이 길로 다시 들어섰겠어?

네가 로스팅 배웠다던
그 카페 사장 내가 알기로는
돈이 넘쳐나는 아버지 믿고
취미로 카페를 한다던데
별명이 있더라고.
여배우 킬러.

표정을 보니
내 충고가 늦었는지도
모르겠군.

178

썩 없어져!

오우 멋져!

죄송합니다. 미혼모라는 사실 말씀 안 드린 거….

괜찮아요. 커피와 미혼모는 아무 관계 없어요.

아이가 열 명 있는 미혼모면 어때요?

자, 학생 시작할까요?

곧 200도가 돼요. 어서 빨리!

잠깐만요. 화난 상태로 로스팅 할 수 없잖아요.

그렇죠. 진정하고 진정하고.

카푸치노 한 잔요!

어? 새로운 로스터가 왔나요?

이 정도면 됐어!

컷!

선경 씨,
아주 좋아!

탁탁탁

수고하셨습니다.

잠깐요.
다들 커피 한잔 하세요.
제대로 로스팅 한 걸
버리면 아깝잖아요.

도와 드릴게요.

고마워요.

선생님,
저 어땠어요?

스카우트하고
싶을 정도요!

연기 최고다.
난 커피 안 좋아하는데
연기하는 걸 보면서
마시고 싶다는
생각이 들었어.

그러니까 앞으로
투자사 입김에
휘둘리지 마세요.

암튼 다행이야.
언론도 아이 혼자 키운
똑순이 이미지를
부각시키고 있는데
먹히고 있어.

매니저님, 저 이거
꼭 해야 해요?

이 정도도
감지덕지로
생각해.

로스터 역할 오디션 날
얼굴에 떡칠하고
오면 어떡해!

!!

방금 내린 커피입니다.

커피 맛이
왜 이렇게 써!

차린 씨는 오늘 설탕을
먹어도 쓸 걸요.

그런데 홍 감독,
선경 씨가
저렇게 잘할 줄
어찌 알았어?

선경이한테는 있는데
차린한테는
없는 것이 있지요.

세상의 끝에서 살기 위해
발버둥 치는 간절함, 그리고
남을 위해 밥을 지어본 적이
없다는 것이 그겁니다.

연주야, 엄마가
커피 볶는 것 봤지?

응.

어떤 생각이 들어?

밥하는 것 같아.

쌀 고르고 씻고
냄새 맡고 내 밥 담을 때
그런 표정을 짓잖아.

나에게 빚진 돈을 갚지 않아도 좋으니
그 대신 커피를 주게.

-나폴레옹-

∞∞ 29화 ∞∞
커피 크리스마스

추운데 집에서
쉴까요?

묻잖아요.
집에서 쉬겠냐고.

역시 나랑 산책하러
나가는 것이 좋죠?

오늘도 커피
한잔 합시다.

이 우체국
기억나요?

당신 외국 파견 근무
나갔을 때 여기서
편지 참 많이
보냈는데.

그런데 당신
어쩌면 그렇게 답장에
사랑한다는 말 한마디
없었어요?

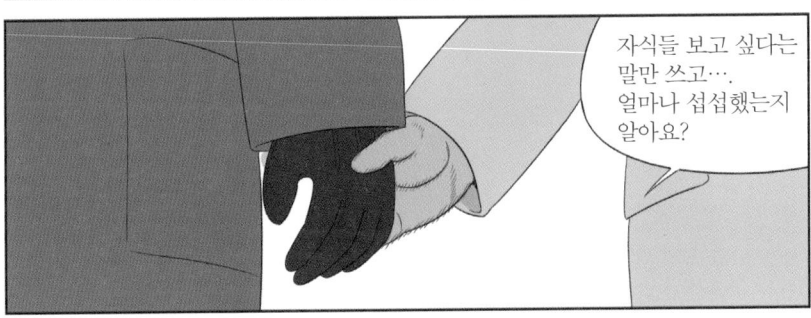

자식들 보고 싶다는
말만 쓰고….
얼마나 섭섭했는지
알아요?

오늘도 두 분이
산책 나오셨네요.

안녕하세요.

남편분은
차도가 좀 있나요?

그런 걸
왜 물어?

!

괜찮습니다.
일부러 동네방네
소문내고
다니는 걸요.

아직은 초기라 정신이
왔다 갔다 하는데 이제 곧
기억을 완전히 잃어버릴
겁니다. 그때를
대비하는
거예요.

이렇게 알려놔야
혼자 나와서
길을 잃어도
저에게 바로
연락이 올 것
아닙니까.

혹시 모르니
아주머니도 제 전화번호를
기억해주세요.

오늘은 저 건너편
동네도 가봅시다.

이거 오늘
아침에 입고
나온 옷인데
쯧쯧.

좌우지간 치매는
걸리지 말아야 해.

걸리지 않아야
할 것이 그것뿐인가?

세 명 중 한 명이
암이래유.

주문하신
탄자니아 커피입니다.

제가 괜한
부탁을 해서
귀찮으셨죠?

아닙니다.
덕분에 저도
오랜만에
탄자니아 커피를
마셔보게
됐습니다.

탄자니아 커피에 특별한 추억이 있으신가요?

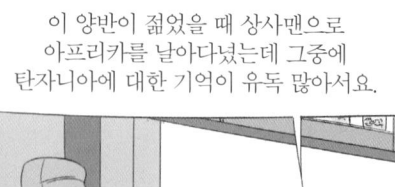

이 양반이 젊었을 때 상사맨으로 아프리카를 날아다녔는데 그중에 탄자니아에 대한 기억이 유독 많아서요.

탄자니아 커피는 감귤과 베리의 산미가 훌륭한데 충분히 즐기시라고 조금 연하게 내렸습니다.

어때요? 탄자니아 풍경이 떠올라요?

당신이 황홀하다고 했었어요.

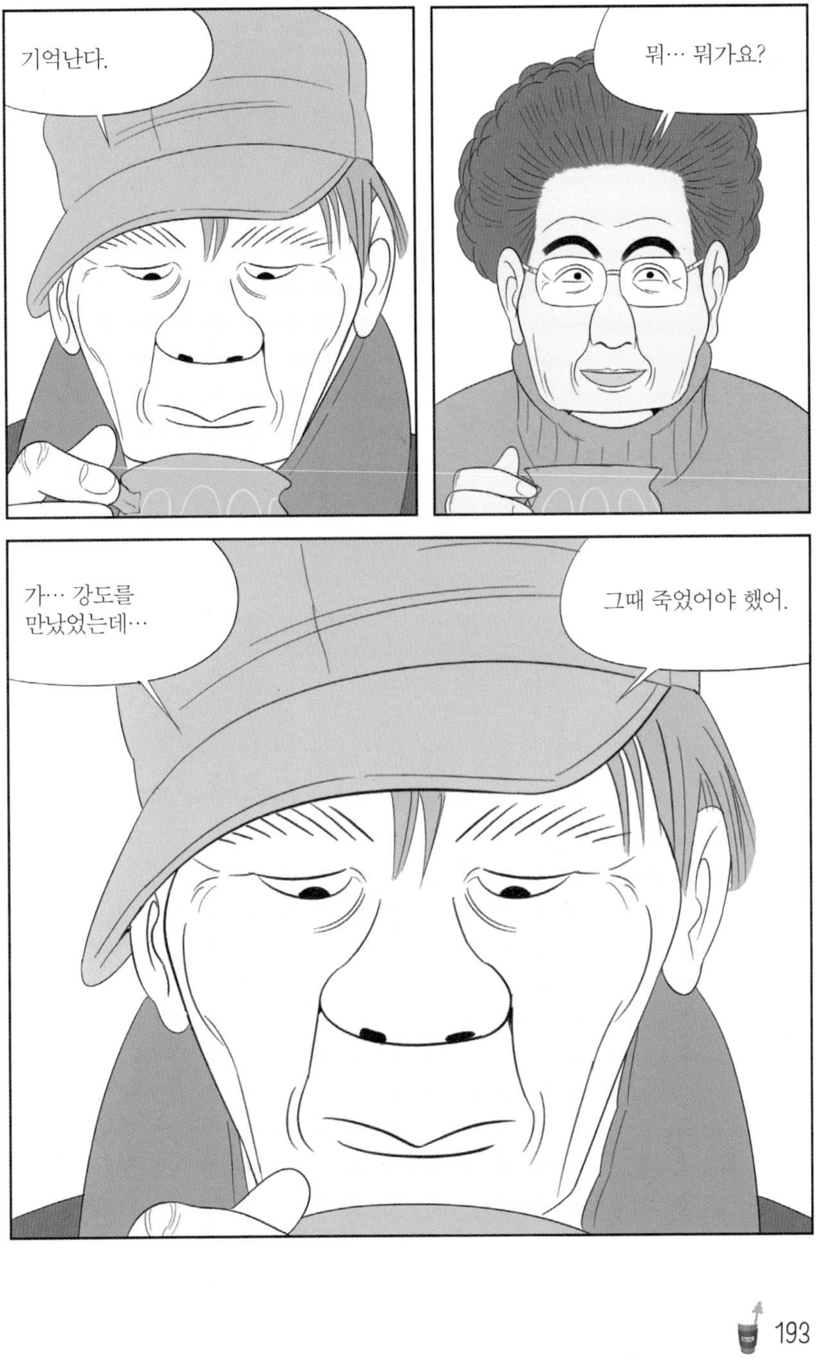

기억난다.

뭐… 뭐가요?

가… 강도를
만났었는데…

그때 죽었어야 했어.

쏴아아

쏴아아

아빠가
왜 저러셔?

톡 톡

TEYAS

오늘 비가 와서
산책을 안 했더니만
삐지셨어.

엄마, 그러지 말고….

B.I

그 이야기라면
됐다.

너희들한테 보살펴달라고
얘기 안 하는데
이러쿵저러쿵 얘기하지 마라.

그게 아니라
어제 오빠랑 언니
만났는데….

또 너희들끼리
만났구나.

모일 때
아빠도 불러야
한다고 했잖아.

엄마는 평생
우리 키우느라
고생하고 이젠
아빠 돌보느라
고생하고….

지겹지도
않아?

지겹긴…
좋기만 한데….

내 평생 소원이 네 아빠랑
손잡고 산책하고 카페에서
마주 앉아 커피 마시는 거였다.

이제야
그 소원을
이뤘는데
지겹다니….

그걸 이 나이에 하면 어떡해? 젊었을 때 해야지.

TEYAS

바빠서 그랬지. 살기 바빠서….

바쁘다는 거 핑계야. 무뚝뚝한 아빠 성격 탓이지.

암튼 엄마, 모두를 위해서 그러는 거야. 아빠 요양원으로 모십시다.

평생 우리 가족을 위해서 외국에서 젊음을 바쳤어. 외롭고 그립더라도 가장이니까 묵묵히 버틴 거야.

이제 집에서 편히 쉬려고 하는데 또 내쫓을 수 없다.

쏴아아아

아니 비가 오는데도
나오셨어요?

삐진 영감을
달래려면
산책밖에 없어요.

사실 이런 날
커피 마시기
딱 좋잖아요.

술꾼들은 빈대떡 놓고
술 마시기 좋다고 하죠.

오늘은 어떤 커피로
하시겠습니까?

남미 쪽으로 할게요.

난 르완다 커피로 줘!

아프리카 커피만 마시지 말고….

르완다!

어르신 안목이 뛰어나십니다.

르완다 커피는 동아프리카 커피 중 단맛과 꽃향기가 진하기로 유명하죠.

오래된 부르봉 품종 나무가 많아서 앞으로가 더 기대되는 곳입니다.

그러니까 르완다!

지금 저희가 가진 생두가 없으니 구해놓겠습니다.

할아버지 안 가보신 데가 없으시네요. 대단하세요. 그곳에는 사자도 있죠?

진짜로 보니까 무섭던가요?

어홍.

하하하.

호호호.

기이잉

고비야, 차에 재봉틀이 있다. 갖다 줘.

예.

카페에 재봉틀은 왜요?

생두 포대로 크리스마스 트리 장식 소품을 만들 겁니다.

세상에⋯. 벌써 크리스마스인가?

이번에는 손님들 대상으로 트리 경연 대회도 할 겁니다.

사진 찍어서 보내주면 돼요.
대신 반드시 커피와
관련이 있어야 해요.

상품도
있어요.

드립 커피 도구 세트요.
2대커피 특급 원두를
내년 한 해 동안 매달
한 봉지씩 드립니다.

그쪽에 놔줘.

사모님도 참여해보시죠.

여보,
우리도 해볼까요?

남미 커피 맛없다!

드르륵

드르르륵

드르륵

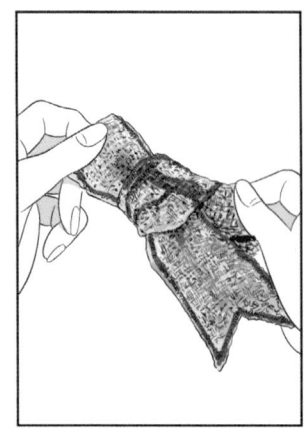

솜씨가
좋네요.

요즘은 재봉틀 사용
할 줄 아는 사람 없는데.

헤헤.

나도 해볼래!

아이고, 이리 와요.
방해돼요.

만들고 싶어!

재봉은 위험해서
안 되고요
매듭짓는 걸
해보실래요?

이렇게
이렇게.

드르륵

드르륵

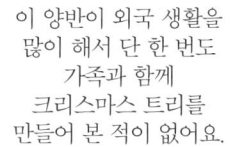

이 양반이 외국 생활을
많이 해서 단 한 번도
가족과 함께
크리스마스 트리를
만들어 본 적이 없어요.

크리스마스에는 가족과 함께 있어야
하는데 많이 외로우셨겠습니다.

드르륵

그런 표현이라도
하면 좋게요.

재미있어요?

예!

아악!

악!악!

고비 오빠!
화장실 가니까
할아버지
봐달라고 했잖아!

저… 저런!

붕대 찾아!

음,
아빠 주무신다.

걱정하지 마라. 재봉틀
바늘에 찔렸을 뿐이야.

엄마는 괜찮아?

괜찮다.

괜찮기는. 엄마 무릎 안 좋은데 아빠 때문에 병원 안 간 지 오래됐잖아.

괜찮다니까 그러네.

어휴. 오늘은 피곤하다. 그만 끊자, 응.

이 양반이 어딜 간 거야?

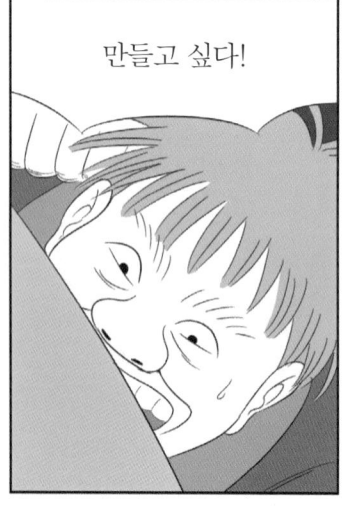

아버지는 주무세요?

쉿! 이제 잠이 들었다.

이젠 결단을 내려야 해요.

엄마 혼자 감당하기 힘들잖아.

이런 말 알아?
알츠하이머 환자는 기억이
없어지지만 가족은 삶이 없어진다.

아빠도 가족이
힘든 건 원치
않으실 거야.

죄책감 가질 필요 없어요.
오히려 더 잘 모시는
곳으로 가는 건데 뭘….

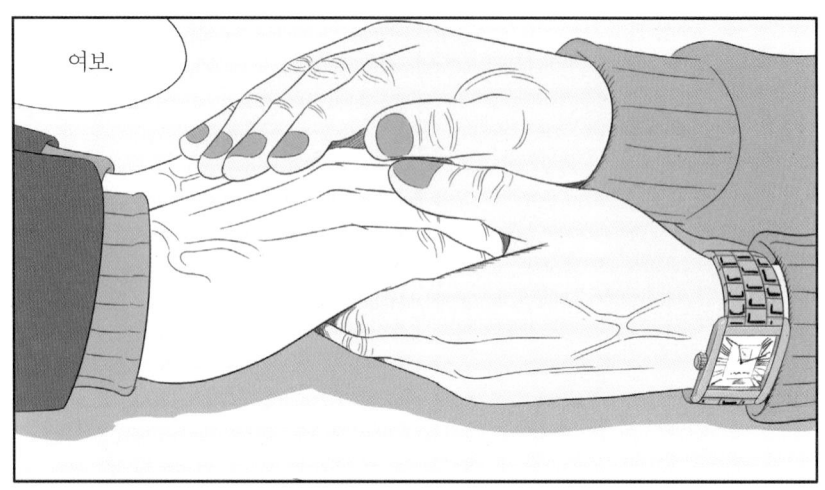

여보.

이제 내 무릎이 아파서 당신이랑 산책은 오늘이 마지막이에요.

내가 커피 자주 사갈게요.

르완다 커피.

알았어요.

당신이나 나나 참
바보처럼 살았어요.

가난하면
가난한 대로 살면
될 것을, 커피
한 잔 여유롭게 마실
시간이 없었으니….

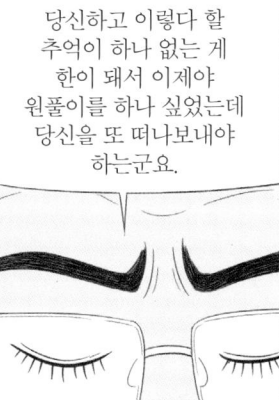
당신하고 이렇다 할
추억이 하나 없는 게
한이 돼서 이제야
원풀이를 하나 싶었는데
당신을 또 떠나보내야
하는군요.

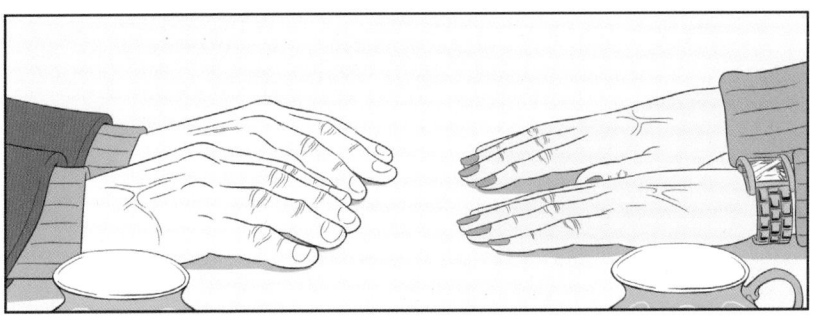

스위치 올려!

팟

얏호!

장식 만드느라 고생들 했어.

쪽

조금만 기다리세요. 커피 나갑니다.

어머! 손님들의 트리 사진이 하나둘씩 올라오고 있어요!

가원이가 2대커피 계정 만들어줘서 너무 좋다.

역시 소품으로 체리를 많이 사용하고 있네요.

이 커피….

르완다 커피예요.

그 르완다 할아버지 잘 계시나 모르겠네.

요새 발길을 끊으셨어요.

강고비, 할머니 연락처 명함 받은 적 있지?

할아버지도 트리 같이 만드시죠.

에고. 오늘도 커피 다 식었네.

커피커피 하면서 왜 그러세요? 뭐가 마음에 안 드세요? 우유 넣은 달달한 커피 원하세요? 아니면 향 맡는 걸 좋아하세요?

이 커피는 드실 겁니다.

르완다!

신기하네.
저 커피는
드시네.

무슨
커피인지
우리도
마셔보고
싶어요.

물론 드려야죠.
충분히
준비했습니다.

또 줘!

조금만 드세요.
저녁에 못 주무세요.

214

쏴아아

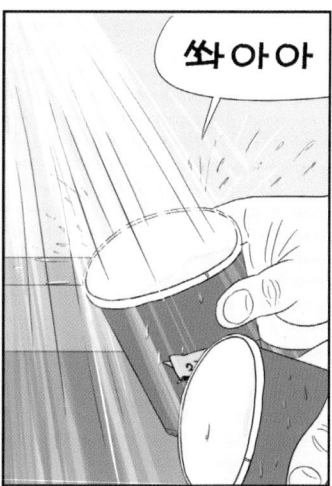

쏴아아

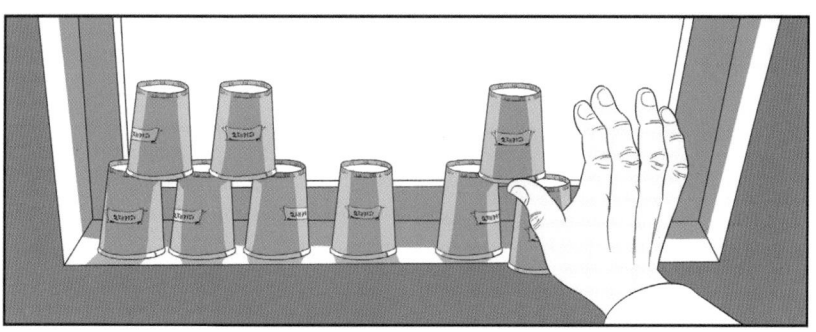

할아버지, 좋은
소식이 있어요.

오늘 할머니가
오신대요.

컵 쌓기 놀이
하시는 거예요?

엄마, 풀하고 색종이랑
큰 종이 주세요.

나 보고 싶지
않았어요?

집보다 여기가
더 좋아요?

추워.

아, 그래요.
들어갑시다.

철컥

어이구!

이렇게 어둡게 지내면 건강에 좋지 않아요.

좌아악

1등 선정 작품에 항의는 없나?

오히려 축하 메시지를 남기던데요.

모두들
인정했으니
다행이다.

맞아요.
눈물이
핑 돌았어요.

이래서 커피를
끓을 수 없다니까.

만화 스토리
감이야.

앗!
창밖을
보세요!

눈이다!

화이트 크리스마스구나.

이 순간에는 라테가 좋겠지?

함박눈이니까 전 카푸치노요!

주는 대로 먹지.

아… 알.

가원이 말이 맞아! 사랑이 가득한 카푸치노로 가자!

고맙지요.
2대커피 덕분에
당신과 나만의
특별한 추억이 생겼네요.

자요. 르완다.

당신 좋아하는
르완다라니까요.

눈!

이야! 눈이다!

펑펑 쏟아져라!

여보!
커피 크리스마스!

커피는 영혼을 따뜻하게 데워주고
사람과 사람을 연결해준다.
-알랭 스텔라-

30화

스승의 세뱃돈

넙죽

선생님,
새해에도
건강하십시오.

바닥에서
큰절을…!

그래. 너도 새해
복 많이 받아라.

고비는
새해 소망이 뭐지?

흐흐. 그냥…

세뱃돈은
그 이야기를 듣고
난 뒤에 주지.

새해다.

나는 여전히 아침 8시에 출근해서
청소하고 정신없이 바쁜
오전 러시를 소화하고 있다.

오전 러시가 끝나면
잠시 숨을 돌리고 기물을 정리하고
오후와 저녁 러시 준비를 한다.

선생님도
여전하시다.
요샌 로스팅에
많은 시간을
할애하고
계신다.

해가 바뀌어도 2대커피는
달라지지 않았다.

손님들은 나에게 지겹지
않냐고 묻는다.

단조롭게 보일 수 있으나
단조롭지 않다. 이 안에는 살아가는
사람들의 이야기가 넘쳐난다.

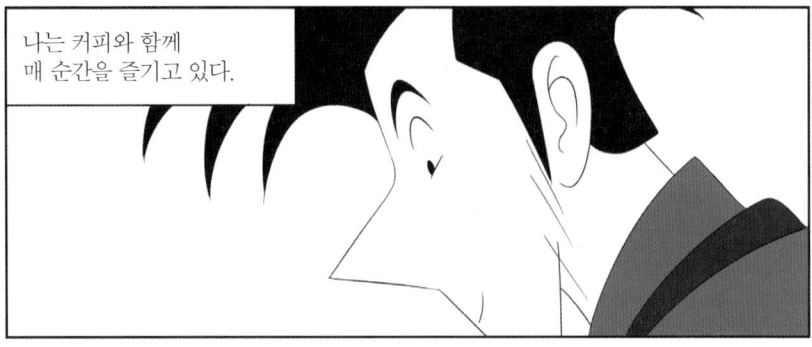

나는 커피와 함께
매 순간을 즐기고 있다.

커피 공부
중이시네요.

예.
바리스타 2급
자격증 준비요.

요새 자격증 많이 따죠?

예. 구민회관에서 자격증 프로그램을 열어서 바로 신청했어요.

2급 따면 1급에도 도전할 거예요.

힘드시겠어요.

단어들이 생소하고 외울 것 많고….

특히 실기!

10분 안에 에스프레소 네 잔과 카푸치노 네 잔 만들기.

러시 대비 훈련이군요.

그래도 현직 유명 바리스타가 강사님이라서 다행이에요.

여기 2대커피도 강사님이 추천해주셨어요.

좋은 바리스타가 되려면
다른 스타일의 커피도 많이
마셔봐야 한다고 했어요.

잘 부탁합니다.
선배님!

선배님이라니요?

저보다 먼저
자격증을 따셨잖아요.

저는
자격증 없습니다.

아~!

이런 조그만 카페는
바리스타 자격증이 없어도
취업이 되나 봐.

저기요.
혹시 파 스톡은
끝나셨나요?

엥?
그게 뭔가요?

여기 예상 문제에 나온 거예요.

커피 전문점에서 영업 시작 전에 판매 가능한 양만큼 준비해두는 각종 재료를 무엇이라고 하는가?

다른 카페는 몰라도 우리는 그런 말 안 써요.

역시 강사님 말씀대로 작은 카페는 모든 게 다르네.

이러다 2대커피만 희귀 카페가 되겠어요. 선생님이랑 저 둘 다 자격증이 없잖아요.

우리가 커피를 시작할 때야 누구 밑 혹은 어느 카페 출신이냐가 중요했지.

고비도 혹시 새해 소망이 자격증 따는 것 아니냐?

선생님, 저를 시험하지 마십시오.

2대커피
수석 바리스타를
어느 자격증에
비교하겠습니까!

어서 오세요!

안녕하세요.
같이 커피 공부하는
학생들이에요.

인사하세요. 2대커피
강고비 바리스타.

부럽다.
선배님이시네.

선배님,
자격증 따는데
가장 어려운 점이
뭐였어요?

역시
시험이었죠?

아, 깜빡했어요.
자격증 없으세요.

에?

이 분위기는 뭐지?

커피 내리는
동작이 생각보다
능숙하다.

아무 생각 없이
기계처럼 움직이는
거지 뭐~.

탁 탁
탁

자격증 없는 사람이 저 정도인데 우리가 자격증 따면 완전히 날아다니겠어.

크크크.

강사님 동작보다 우아하지 않아.

아~ 신경 쓰여.

역시 강사님 커피랑 맛이 다르군.

저마다의 스타일이 있으니까.

이거 펄프트 내추럴 커피라고 하셨죠?

맞습니다.

제가 책 내용 정확히 외우고 있는지 확인해주세요. 체리 커피 수확 후 껍질을 제거하고 곧바로 건조하는 가공 방법으로, 커피의 점액질이 그대로 생두에 흡수되어 풍부한 단맛을 낸다. 주로 브라질에서 사용하는 방법으로, 생산량이 늘고 있는 가공법이다. 어때요?

…

틀렸나요?

교재를
본 적이 없는데
어떻게 알아?

참, 그렇다.

고비야,
우유가 떨어졌구나.

!

다녀오겠습니다.

모두 커피 공부
중이랬죠?

예!

이제 내가 문제를
낼 테니까 맞춰봐요.

바리스타
자격증
예상

다음의
커피 품종 중
다른 하나는?
1번 티피카
2번 버번
3번 카투라
4번 코닐론.

정답!
3번 카투라!

노!

4번 코닐론!

이유는?

코닐론은 브라질에서
재배하는 카네포라의
일종이니까요.

딩동댕~.

아,
난 이 부분이
어렵더라.

그러나 티피카와
버번 정도만
알아도 충분해요.
현장에서
쓸 일이
없거든요.

강사님
족집게다.
모르면 현장에
답이 있다고
하셨잖아.

우리가 현장
경험이 없다고
무시하는 것
아냐?

자격증
없으니까
자격지심에
그럴 수도 있어.

괜찮아?

열 식히는 중입니다.

때 맞춰 들어오신 선생님이 아니었으면 사고 칠 뻔 했습니다.

타이밍을 아는 거 그건 현장에서만 배울 수 있지.

예. 명심하겠습니다.

현장의 관록이 무엇인지 보여주겠어!

다음 날

이거 좀 아리송하네.

자극적인 신맛이 어떤 거지?

제가 알려드리죠.

무자격 바리스타!

에스프레소 맛을 평가할 때 체크포인트가 아닌 것은?

1번 후미
2번 바디
3번 날카로운 신맛
4번 맛의 밸런스.

답은 3번이라고 되어 있는데 이거 문제가 좀 잘못된 듯해요.

예? 설마요.

날카로운 신맛은 체크포인트 중 하나예요.

이쪽으로 와보세요.

날카로운 신맛은 분쇄 입자가 굵거나 추출 온도가 낮거나 덜 볶아진 원두를 사용할 때 나와요.

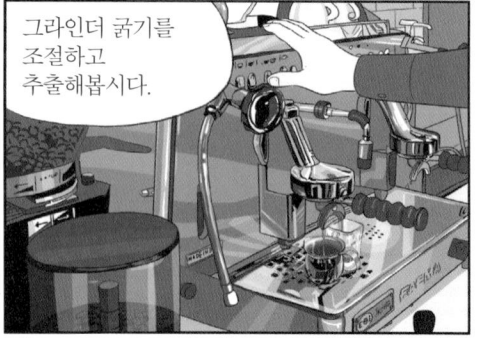

그라인더 굵기를 조절하고 추출해봅시다.

으~ 신맛 뭐야?

만약 이런 신맛이 나온다면 어떡하면 될까요?

셋 중 하나의 잘못이죠.

그라인더 실수라면 굵기를 조절하면 되고요.

그래서 날카로운 신맛도 체크포인트 중 하나가 되는 겁니다.

방금 원두 몇 그램 담으신 거예요?

17그램이요.

이것도 다르네. 책에는 7그램±1 이라고 나왔는데….

책과 현실은 완전히 다릅니다.

…

237

아… 아까 좀 심했어.

뭐가?

2대커피 바리스타답지 않았어. 그렇게 똑같이 돌려줄 건 뭐야?

자격증 없다고 무시하니까 그렇지.

그… 그러니까 똑같다는 거지.

자격증 따… 따려는 사람들한테 실망하면 어떡해.

너도 자격증 있다고 그쪽 편이야?

아… 아니야. 난 대학 진학 포기를 위해 부모님께 뭔가를 보여드려야 해서 제빵 자격증을 딴 거야.

것 봐. 너도 시간 낭비한 거 아니야.

어… 어떻게 그게 시간 낭비야? 제빵 분야의 기본 소양과 지식을 얻을 수 있어서 좋았어. 물론 현장 체험도 도움이 됐지.

가재는 게 편이라고….

또 오셨네요.

역시 현장이 더 도움되죠?

그게 아니라….

강사님 설명을 전해드리러 일부러 왔어요.

예?

날카로운 신맛이요. 그거 오답 맞대요.

보기 중에 4번 맛의 밸런스에 이미 신맛이 포함된 거래요.

그리고 이런 옛 방식을 추구하는 카페는 유독 신맛에 민감하고 부정적이어서 맛의 편견을 갖기 쉽다고 하셨어요.

옛 방식? 편견?

고비야, 그만!

또 이런 얘기도 하셨어요.

이런 카페는 안 봐도 삼천리래요. 변화에 인색하고 자기 커피만 고집해서 단골들 위주로만 장사한다네요.

최신 기계나 기술보다 늘 장인 정신, 마음 이런 거 강조하고요.

그리고 우리 강사님은 그 반대라 이 집 원두와 머신으로도 여기 바리스타보다 훨씬 맛있는 에스프레소를 추출할 수 있대요.

가서 전해요! 강고비 자존심 무척 상했다! 그 강사는 내뱉은 말에 책임을 져라!

선생님, 새해 복 많이 받으십시오.

강사가 자네였나?

예. 재능 기부 좀 했습니다.

아는 사람?

아직도 나한테 악감정이 남아 있군.

그래서 학생들을 여기 보내서 소란을 피운 건가?

솔직히 아니라고 말할 수가 없네요.

뭐 이런!

이 친구가 새로운 제자?

아이고, 이런 애송이 쓰시려고 저를 쫓아낸 겁니까? ㅎㅎㅎ.

애송이라니! 학생들에게 이런 말도 가르쳐요?

선배한테 대드는 건 아니지.

내 말에 책임지려고 왔어! 본론으로 들어가자고!

알았어. 내가 먼저 내리지.

하나로 하면 재미없으니까 리스트레토, 에스프레소, 롱고로 하자!

하필 롱고를!

리스트레토: 에스프레소보다 적은 양을 추출하고, 맛은 에스프레소보다 깊고 진하다.

난 아직도
세 가지 메뉴
좀 헷갈리더라.

1급 가면
알 수 있겠지.

리스트레토는 22초나 23초로 끊고
양쪽 잔에 20~22밀리리터를 내린다.

주루룩

에스프레소는 30초에 끊고
25나 30밀리터로 내리고…

저 두 잔을 합치면
더블샷(도피오)이
되는 거지.

응.

문제는 룽고!

왜 룽고를 모르나?

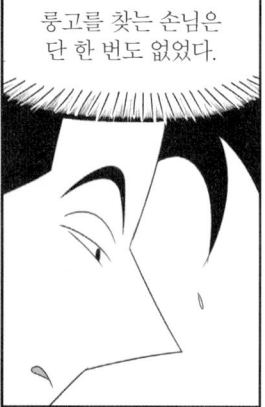

룽고를 찾는 손님은
단 한 번도 없었다.

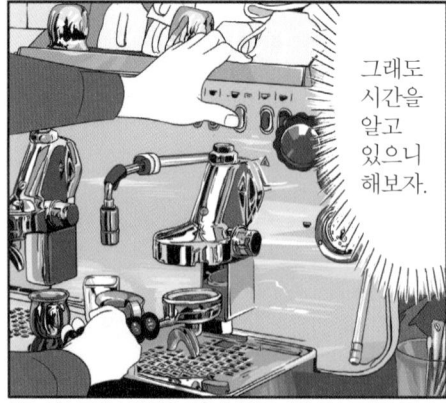

그래도
시간을
알고
있으니
해보자.

추출 시간 35초!
40에서 60밀리터까지 추출!

룽고: 에스프레소보다 많은 양을 추출하고, 맛은 에스프레소보다 쓰고 연하다.

워낙 객관적이신
분이시니
팔이 안으로
굽지 않을 줄
믿습니다.

리스트레토.

에스프레소.

룽고.

!!!

앗! 뭔가
이상한가 보다!

시간을 오래 잡으면 과추출돼서
쓴맛이 많아지거든.
여기 원두가 원래 강배전이라
룽고에 어울리지 않아.

결국 같은
조건인데
뭘….

나? 난 다르지.

덜컥

이 바스켓에도
여러 종류가 있는데
정품 사용하시는 건
여전하시네요.

정품 바스켓의
구멍이 650개가
조금 넘는 반면에
내 바스켓은 800개가
넘지. 모양도 다르고.

딸칵

구멍이 많아
추출 속도가
워낙 빠르니까
그라인더 굵기
조절 좀 할게.

현장에선
17그램 바스켓을
많이 사용하지만
7그램 사용하는 것도
있다는 걸
참고해두게나.

자!

중배전 원두가 있으면 룽고를
추출할 수 있지만 모두 강배전
뿐이라서 40밀리리터에서 멈췄습니다.
취향에 맞게 물로 희석해서 드십시오.

현장, 현장 하면서
이런 기본적인
대응 방법도
모르나?

강사님,
멋쟁이!

저기요,
우리 같이
자격증 수업
들어요.

탁

둘 다 불합격이야!

!

말도 안 돼!
걱정했던
편파 판정이야!

고비 커피는
룽고 때문에
말할 것도
없고.

자네 커피도
역시 나한테
안 맞아.

무슨 근거로!

커피가 너무 아파!

가시가 돋쳤어!

이유가 뭔지 아나?

자네는 제자 때부터 나를
이기려 했기 때문이야.
지금도 여전하고.

내가 자네를 내보낸 것은
나와 함께 있으면 자네를
망칠 것 같아서였어.

이제 와서
무슨 엿 같은 소리야!
그러니까 오히려
감사해야 한다고?

죄송합니다. 선생님. 제가 일을 키워서 곤욕을 치르셨습니다.

제 새해 소망은 실수를 줄이자 였는데 그만….

실수를 줄이자….

실수는 누구나 한다. 같은 실수를 두 번 하지는 말아야지.

네 소망을 들었으니 내가 세뱃돈을 주지.

탁

조금만 주십시오. 대형 사고를 쳤는데요, 뭐…

조금은 아니야! 아주 많아!

작업복으로 갈아 입어라!

이제부터
로스팅 공부를
시작해라!

서… 선생님!

내… 내가
계속 이걸 들고
있어야 되겠냐!
빨리 받아라!

쿵

로스팅 머신
청소는 앞으로
네 담당이다!

감사합니다!
열심히 하겠습니다!

덜컥

어휴, 이렇게
연통에 먼지가
많이 끼었나.

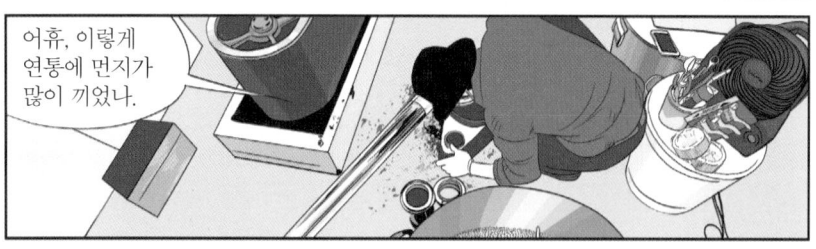

고비가
큰 세뱃돈
받았네.

쌤통
세뱃돈.
헤헤.

로스팅 머신
청소가 이렇게
중요한지
몰랐어요.

청소를 안 하면 배기
흐름이 나빠져서 로스팅에
몹시 나쁜 영향을 준다.
심지어 연통에 불이 붙는
경우도 있어.

북 북

이러면서 로스팅 머신의 구조와 원리를 알게 되는 거네요.

응.

헉.

헉.

쉬운 일이 아네요.

푸 아아아

이런 건 자격증 수업에서는 경험할 수 없어. 오직 현장에서만 경험할 수 있지.

옛! 올해의 세뱃돈 정말 굿입니다!

이젠 마무리하고 목욕 가자.

끝나면 식혜 사주세요.

커피가 아니고?

사우나는 밥알 둥둥 식혜죠.

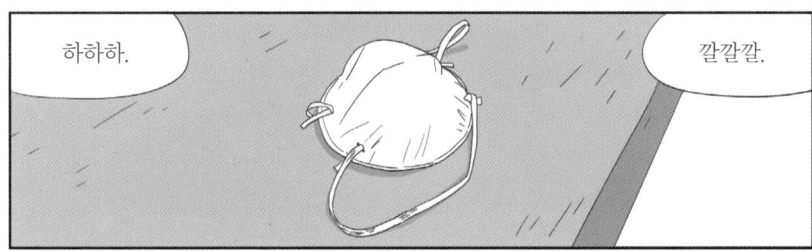

하하하.

깔깔깔.

비싼 생두, 최신 머신, 화려한 인테리어,
자격증…. 그 전에 커피 맛을 결정하는
중요한 요소 중 하나는 의외로 청소다.
눈에 보이는 것만으로 판단하는 세상,
비단 커피뿐만은 아니겠지.

〈커피 한잔 할까요?〉의 주인공 강고비와 박석을 만나다

만화를 보다 보면 이런 궁금증이 생긴다. '만화 속 인물들의 어린 시절은 어땠을까?' '주인공이 납득할 수 없는 선택을 하게 된 이면에는 특별한 이유가 있는 것은 아닐까?' '만화에서 말해주지 않은 주인공의 은밀한 사생활은 없을까?'….

〈커피 한잔 할까요?〉 4권에서는 주인공인 강고비와 박석의 인터뷰를 진행하였다. 만화를 보면서 궁금했던 점, 아직 다 설명되지 않은 주인공들의 과거와 미래, 그들이 가지고 있는 커피에 대한 생각과 꿈, 그리고 시시콜콜한 사생활과 흑역사까지 하나하나 파헤쳐보자.

강고비를 만나다

 안녕하세요. 고비 씨. 만화에서만 보다가 직접 만나 뵙게 돼서 반갑습니다. 저희 편집부에서 〈커피 한잔 할까요?〉 4권 출간을 기념해서 3권까지 열심히 만화를 봐주신 독자 분들의 질문을 가지고 인터뷰를 진행하려고 해요. 독자들의 질문에 솔직하게 답변해주시면 감사하겠습니다.

네, 그럼요!

감사합니다. 그러면 첫 번째 질문부터 드릴게요. 많은 분들이 궁금해 하셨는데요. 고비 씨는 바리스타가 되기 전에 어떤 일을 했나요?

동네 카페에서 아르바이트를 했습니다. 거창한 이유가 있었던 것은 아니었어요. 집안 사정 때문에 대학 진학을 포기했고, 고등학교 졸업 후 군대에 가기 전까지 마냥 놀 수가 없어서 별생각 없이 시작했습니다. 우연히 카페 구인 공고를 보고 지원을 했는데 경력도 없는 제가 뽑힌 걸 보면 어쩌면 이 길은 운명이었던 것 같아요. 실은 비밀인데요, 면접 당일 지원자 중 카페에 온 사람은 저 혼자였고 마침 물품이 들어오는 날이라 일손이 필요해 사람을 채용할 수밖에 없었던 상황이었다네요. 하하. 아무튼 오늘의 저를 보면 우연이나 행운도 운명의 일부분인 것 같아요.

바리스타가 되고 싶다는 생각을 하게 된 계기가 있나요?

앞서 바리스타가 된 것은 운명이었다고 말씀드렸는데… 제가 너무 극적으로 포장한 것 같습니다. 반성합니다. 동네 카페는 '2대커피'와 같은 전문점은 아니었어요. 그곳에서 전 주로 몸을 쓰는 일을 했습니다. 그러다 에스프레소 머신을 사용법을 조금씩 익히고 사장님이 외출하실 때면 가끔 커피를 만들기도 했어요. 그렇게 조금씩 커피의 맛을 알게 되면서 흥미를 느끼게 되었던 것 같아요. 이 일을 즐길 수 있다면 평생 직업이 가능할 것 같아 바리스타를 꿈꾸게 되었습니다. 거기에 하나 더! 바리스타의 복장이 너무 멋있어 보였습니다. 즐겁고 멋진 일이라면 승부수를 던질 만하다고 생각한 거죠.

　20대 초반부터 일을 시작하신 거면 생각보다 바리스타 일을 꽤 오래 하셨는데 일을 하면서 가장 힘든 점은 무엇인가요?

　두 가지입니다. 첫 번째는 현실과 이상과의 괴리예요. 아마 대부분의 바리스타들의 고민이기도 할 텐데… 일단 생각보다 노동 강도에 비해 보수가 적습니다. 결혼도 해야 하고, 아이도 키워야 하는데 현실적인 부분을 보자면 미래가 그리 밝은 직업은 아니에요. 두 번째는 사회적인 인식입니다. 아직도 카페를 다방으로 생각하는 분들이 많습니다. 물론 젊은 분들은 안 그렇겠지만… 여전히 바리스타를 전문가로 보는 사람이 드물어요. 서비스 직종이라 최대한 예의를 갖추고 손님들을 대하지만 무시하고 막말하는 손님들을 만날 때면 저도 인간인지라, 참을성에 한계를 느낄 때가 많아요. 참! 바리스타의 실력을 의심하는 손님도 많아요. 까다로운 건 이해할 수 있지만 괜한 트집을 삽거나 가르치려 드는 손님 때문에 난처할 때가 한두 번이 아니지요.

　생각보다 힘들 때가 많겠네요. 그러면 반대의 질문을 해볼게요. 일을 하면서 가장 보람된 순간은 언제인가요?

　역시 제 커피를 좋아해주는 손님을 만날 때입니다. 하지만 단순히 맛의 문제는 아니에요. 교감이 중요합니다. 커피가 맛으로만 평가되면 뭔가 허전한 구석이 있습니다. 커피는 사람과 사람을 이어주는 강력한 매개체거든요. 그래서 제 커피에 공감하고, 이런저런 사는 이야기를 주고받으며 하루의 긴장을 풀고 흐뭇한 미소를 지으며 2대커피를 나서는 손님을 볼 때 가장 보람을 느낍니다.

　아주 다양한 커피를 맛보았을 것도 같고, 즐길 것도 같은데 개인적으로 가장 좋아하는 커피는 무엇인가요?

　음… 어려운 질문이네요. 커피는 원두별, 블랜딩별로 각각의 맛과 개성이 존재하

257

거든요. 달리 말하면 좋아하는 커피를 콕 짚기가 어렵다는 뜻입니다. 그래도 답을 원하신다면 에티오피아 커피를 꼽습니다. 에티오피아는 커피나무가 발견된 곳이기도 하고요. 커피나무가 자랄 수 있는 최적의 조건을 갖추고 있어 특징이 확실한 커피가 생산되는 곳입니다. 특히 우아한 산미는 황홀함 그 자체이고, 로스팅 방법에 따라 고급스러운 쓴맛을 발현할 수도 있습니다. 커피향도 꽃향기가 떠오를 정도로 화사합니다. 한마디로 백 가지 얼굴을 갖고 있는 커피라 할 수 있죠.

2대커피에서 만난 손님 중 가장 기억에 남는 손님은 누구인가요?

노인정 봉사 활동 때 만났던 서예가 할아버지요(3권 19화 모닝커피). 그즈음 저는 '드디어 2대커피의 일원이 되었다'는 안도감에 조금 느슨해진 상태였습니다. 하지만 그러다가 2대커피의 명성에 누가 되겠다 싶어 스스로를 혹독하게 채찍질했고 그런 강박관념이 완벽을 추구하게 만들었습니다. 어설픈 상태에서 추구한 완벽이 자신을 망치는 것은 물론 주변 사람까지 불편하게 했던 것입니다. 그걸 저 혼자만 몰랐는데… 서예가 할아버지께서 뼈있는 조언으로 일깨워 주셨죠. 그때는 너무 부끄러웠지만 만약 할아버지의 조언이 없었다면 2대커피에서 제 자리는 사라졌을지도 몰라요.

박석 선생님께 커피를 배우고 계신데요, 선생님께 특히 배우고 싶은 부분은 어떤 점인가요?

커피를 대하는 자세요. 추상적인 이야기일 수 있지만 선생님은 단 한 번도 커피 앞에서 허세를 부린 적이 없습니다. 거짓 없는 자세로 커피를 존중하며 정성껏 대하니 커피도 최고의 맛으로 보답한다는 생각이 듭니다. 어느 유명 요리사는 재료를 손질하기 전에 "나에게로 와줘서 고맙다. 잘 부탁한다. 사랑한다" 이런 주문을 외운다고 하더군요. 기술은 그다음 문제라고 생각합니다.

개인적으로 박석 선생님께 바라는 점도 있나요?

커피는 이미 신의 경지에 오르셨으니 이제 생활에서도 여유를 가지셨으면 합니다. 2대커피엔 제가 있으니까요! 하하하. 그동안 커피에 매진하느라 누리지 못했던 것들

을 충분히 즐기셨으면 좋겠습니다. 그래도 어차피 돌아올 곳은 2대커피겠지만요.

조금 사적인 질문을 해볼게요. 아마 고비 씨도 가원 양의 마음을 대충은 아실 것 같은데 정말 가원 양에게 조금도 관심이 없어요?

사생활이라 이야기하기 조심스럽네요. 솔직히 말씀드리면 아직 잘 모르겠습니다. 다만 가원이를 처음 만났을 때, 가원이가 유학을 결정한 상태란 걸 알았고 저도 2대 커피에서 자리를 잡아야 했기 때문에 마음 쓸 여유가 없었습니다. 지금 당장 감정이나 관계를 규정하기보다는 시간이 흘러 조금 더 성숙한 모습으로 만났을 때를 기대하고 싶어요. 물론 가원이의 생각도 중요하겠지요.

고비 씨의 꿈은 무엇인가요? 보통 바리스타들은 자신의 이름을 건 매장을 여는 게 꿈이잖아요. 고비 씨도 그런가요? 아니면 또 다른 꿈이 있나요?

다른 꿈은 없습니다. 오직 커피입니다. 선생님을 이어 제가 2대커피를 맡아 수백 년 가는 카페로 만들고 싶습니다. 물론 지금은 부족한 점이 많기 때문에 희망사항일 뿐 이지만요. 아니면 2대커피에서 배운 커피를 바탕으로 저만의 색깔을 확연하게 드러낼 수 있는 카페를 운영하고 싶습니다. 요새 로스팅을 배우는 것도 그 꿈의 연장선이라고 생각 하시면 됩니다.

그럼 마지막으로 고비 씨에게 가장 중요한 것들의 의미를 묻고 인터뷰를 마칠게 요. 강고비에게 박석이란?

제 인생의 C.E.O.(Cup of Exellence, 세계 최고 원두 앞에 붙는 이름)라고 할까요!

그러면 강고비에게 커피란?

내 인생 최초로 흥미를 느낀 대상. 앞으로 알아야 하고, 느껴야 하고, 사랑해야 할 존재. 평생 함께해야 하기 때문에…. 감사합니다.

박석을 만나다

안녕하세요, 박석 바리스타 님. 오래 기다리셨습니다. 아직 만화 속에서 박석 바리스타 님에 대한 과거나 사적인 이야기가 많이 소개되지 않아서 독자 분들이 많이 궁금해 하시더라고요. 특별히 곤란한 질문이 아니라면 진솔한 답변 부탁드려요.

글쎄, 왜 저에게 궁금증이 많으신지 모르겠지만…. 일단 최선을 다해 답변해 보겠습니다.

네, 감사합니다. 이 일을 꽤 오랫동안 해 오신 것 같은데… 바리스타가 된 지는 얼마나 되셨나요?

음… 글쎄… 몇 년이 됐나. 하도 오래돼서…. (잠시 생각) 일단 제가 커피를 시작할 때는 '바리스타'라는 용어가 없었어요. 다방 한다고 놀림 안 받으면 그나마 다행이었죠. 물론 다방을 비하하는 것은 아닙니다. 그때는 카페라는 단어가 생소했고, 오히려 레스토랑이 커피 전문점의 의미를 담고 있었죠. 아무튼 제가 커피를 시작한 지는 한 30년 정도 된 것 같네요.

와, 정말 오래되셨네요. 지금은 박석 선생님께서 제자를 두고 계신데 선생님께서는 처음 누구에게 커피를 배우셨나요?

질문이 날카롭군요. 예전에는 커피를 누구한테 배웠냐가 정말 중요했는데, 당시에 커피를 배울 수 있는 곳은 일본밖에 없었습니다. 그래서 자연스럽게 일본풍의 커피를 배웠습니다. 제게 커피를 가르쳐주신 선배 역시 한국에서는 선구자적인 분이신데, 일본 유학 당시 커피에 푹 빠져서 귀국 후 커피 전문점을 개업한 분이셨죠. 그 선배의 커피를 마셔보고는 그 자리에서 스승으로 모시기로 결심했습니다.
참고로 요즘은 누구에게 커피를 배웠냐보다 어디에서 배웠냐가 더 중요합니다. 해외 경험과 정보 교환이 활발한 젊은 바리스타들은 최신 경향에 충실한 편입니다. 그리고 북유럽, 호주, 미국 스타일이 대세이고요. 그러니까 핸드드립도 간단하게 브루잉(커피가루에 물을 부은 후 필터로 걸러 커피를 완성하는 작업)

으로 하며 에스프레소 위주의 메뉴를 구성하죠. 커피 산미에 조금 더 치중하는 경향도 보입니다.

커피를 배운 후 2대커피를 열고 운영하신 지도 꽤 오랜 시간이 흐른 것 같은데 카페를 운영하면서 특별히 지키려고 하는 경영 철학이 있으신가요?

카페는 원래 사람들이 모이는 곳입니다. 역사적으로 봤을 때도 그렇죠. 예술가들은 물론 혁명가, 정치가, 일반 소시민들이 모두 드나들 수 있었던 공간이 바로 카페였습니다. 2대커피도 이렇게 커피와 사람이 함께 어울릴 수 있는 공간으로 만들고 싶어요. 일종의 동네 사랑방처럼요. 어떤 분이라도 환영이지만 커피 맛에서만큼은 조금 고집을 부리는 편입니다. 모든 손님의 입맛을 맞출 수는 없다고 생각합니다. 그래서 저는 제 커피를 좋아하는 분들께 집중하고 싶어요. '제 커피를 좋아하고 이해하는 손님들이 어울리는 공간을 만들자' 그것이 제 경영 철학입니다.

2대커피는 마니아가 많은 것 같은데 매장을 넓히거나 프랜차이즈로 운영할 생각은 없으신가요?

처음에 2대커피를 열었을 때는 손님이 적을 거라 생각했습니다. 당시에는 원두커피보다 인스턴트커피의 인기가 더 높았기 때문이죠. 그래서 저는 지금의 공간만으로도 충분히 만족합니다. 딱 이 정도 규모여야 저 혼자서도 부담 없이 손님을 맞을 수 있고요. 지금은 고비가 있어서 여유가 생겼지만… 여전히 손님들에게 제 정성이 담긴 커피를 대접하는 것이 원칙입니다. 물론 내부가 좁다는 손님도 계시고 투자 제의를 하는 분들도 있지만 그럼에도 2대커피는 이곳에서만 운영할 계획입니다.

많은 바리스타 분들을 보면서 혹은 스스로 현업에 계신 바리스타로서 바리스타에게 가장 중요한 역량이나 성격은 어떤 점이라고 생각하시나요?

체력입니다. 특히 다리가 튼튼해야 합니다. 의외의 대답인가요? 생각해보세요. 보통 바리스타는 하루 종일 서서 손님을 맞게 됩니다. 체력이 약하면 쉽게 피곤해지고 신경이 금세 날카로워집니다. 그러다 보면 자신의 업무에 집중하기 힘들겠지요.
로스터나 바리스타 중에는 외골수가 많습니다. 그런 사람들은 손님 입장에서 보면 퉁명스럽고 불친절하게 보일 수 있지만 커피를 놓고 보면 이보다 좋은 성격이 없습니다. 오직 커피만을 생각하는 사람이 만든 커피… 상상으로도 그 맛이 전달되지 않나요?

항상 2대커피에만 계신 것 같아요. 이번 4권에서 처음으로 등산하러 여행가시는 모습을 보았는데 원래 사랑도, 휴식도 뒷전일 만큼 워커홀릭이신가요?

부정하기 힘드네요. 제가 커피에 미친 것은 맞습니다. 덕분에 결혼도 못했지만 후회하진 않아요. 한창 나이에 휴일도 없이 틀어 박혀 로스팅 하고 커피 내리고… 이런 삶을 반복하며 살았으니 어느 여자가 좋아했겠습니까. 그리고 당시에는 카페나 바리스타에 대한 인식조차 없어서 상대방 부모님들께 인정받기도 어려웠어요. 그러다 보니 자연스럽게 그냥 좋아하는 커피와 함께 있는 것이 가장 마음이 편했습니다.

30년에 가까운 시간 동안 정말 많은 원두와 커피 종류를 다뤄보셨을 것 같은데요 아직도 배워보고 싶은 커피가 있으신가요? 혹은 꼭 내려 보고 싶은 원두가 있으신지요?

와인을 생각해보세요. 그해 기후나 작황에 따라 가치가 달라지지 않습니까. 커피도 마찬가지입니다. 매년 생두의 상태가 다르기 때문에 늘 공부하고 배우는 자세로 임해야 합니다. 그리고 재배 기술이 점점 더 발달하면서 생두 품질이 높아진 탓에 더욱 섬세하고 숙련된 기술과 경험이 요구되고 있답니다. 갈수록 바리스타 되기가 어려워지는 것 같아요. 하하. 그래서 지금은 기존의 원두와 커피를 제대로 알기도 바쁘답니다.

커피를 내릴 때 가장 중요하게 생각하는 과정은 어떤 과정인가요?

모든 과정이 다 중요합니다. 뻔한 대답이지만 어쩔 수 없군요. 다만 이렇게 대답할 수 있을 것 같습니다. 흔히들 집에서 커피를 내릴 때 간과하는 과정이 뜸들이기 과정입니다. 드립커피는 필터 위의 원두가루에 뜨거운 물을 부어 추출하는 여과식 커피입니다. 에스프레소도 그렇지만 본격적인 추출 전에 뜨거운 물을 부어 충분히 적셔놓아야 올바른 추출이 가능합니다.

뜸들이기 과정이라… 정말 생각도 못한 부분이네요. 앞으로 집에서 커피를 내릴 때 꼭 기억해야겠어요. 그럼 이제 커피가 아닌 다른 질문을 드려볼게요. 김선생님과의 첫 만남에 대해 알려주세요. 두 분의 러브 스토리를 궁금해 하는 독자 분들이 많습니다.

이혼 후에 지쳐 있던 김선생이 유일하게 위안을 받은 곳이 2대커피였습니다. 한동안 매일 같은 시간에 와서 음악을 들으며 커피 한 잔을 하고 쉬었다 가곤 했지요. 그녀가 힘들 때 유일하게 위안을 준 것이 제가 만든 커피였고, 그 커피를 통해 자연스럽게 가까워지게 되었지요. 너무 간단한가요? 허허. 아마 나중에 다시 말할 기회가 있을 겁니다.

💻 선생님의 수제자인 고비 씨에 대한 이야기도 하지 않을 수 없을 것 같은데요 자신이 신입 바리스타였을 때와 지금의 고비 씨를 비교하면 어떤가요?

👩 저의 신입 시절과 고비의 신입 시절을 비교하는 것보다 시대상을 비교하는 게 맞을 것 같습니다. 제가 커피를 시작했을 때에는 선후배나 동료가 거의 없었습니다. 스스로 판단하고 결정하고 책임을 져야 했죠. 그래서 자신에게 굉장히 엄격할 수밖에 없었어요. 융통성도 떨어졌지요. 반면 최근 후배들은 커피를 즐긴다고 할까요. 제가 느껴보지 못한 감정이라 부럽기도 합니다. 고비도 이 선상에 있습니다.

💻 고비 씨에게 장점과 단점이 있다면 무엇인가요?

👩 장점과 단점이 똑같습니다. 자신의 감정에 솔직하다는 겁니다. 감정이 솔직하면 마음속에 쌓이는 것이 없어 커피에 좋고, 반대로 커피에 그 감정이 투영되면 맛을 해치게 됩니다. 지금 고비에게 필요한 것은 중용의 미덕이 아닐까 합니다. 다행히 고비 자신도 그 점을 알고 있어서 노력 중입니다.

💻 바리스타 강고비에게 바라는 점이 있다면 어떤 점일까요?

👩 흠… 커피 맛에 집착하지 않았으면 합니다. 맛에 강박관념을 갖게 되면 쉽게 상처 받게 됩니다. 그러면 상처를 받지 않으려고 고집이라는 성을 쌓게 되죠. 그것은 제가 바라는 커피가 아닙니다. 아마 고비도 원치 않을 겁니다. 제가 맛에 집착했다면 이제 고비는 커피를 문화로 만들어야 합니다. 문화는 쉽게 무너지지 않죠. 맛을 즐기면 문화가 되고, 그 문화는 역사의 일부분이 될 겁니다. 너무 진지한가요? 허허.

💻 아니에요. 아마 독자 분들도 선생님께서 진지하다는 걸 다 알고 계실 텐데요. 그럼 이제 인터뷰를 슬슬 마쳐야 할 시간인데 2대커피를 사랑해주시는 분들께 한마디 해주세요.

👩 분에 넘치는 사랑에 항상 감사합니다. 여러분의 사랑에 보답하는 것은 2대커피의 커피를 지키는 것이라 생각합니다. 어떤 상황이 와도 저희 2대커피를 찾는 손님들께는 마음까지 따뜻해지는 커피를 대접하기 위해 노력하겠습니다.

그럼 고비 씨에게 했던 질문과 같은 질문을 드리고 인터뷰를 마치겠습니다. 박석에게 커피란?

친구. 지치고 힘들 때나 외롭거나 슬플 때 그리고 즐거울 때도 늘 함께해주는 친구죠. 여행을 떠날 때도 말입니다.

마지막으로 박석에게 강고비란?

에스프레소 한 잔 후 마시는 시원한 물 같은 존재랍니다. 강고비, 보고 있나? 하하. 그런데 이런 지루한 인터뷰를 독자 여러분들이 정말 끝까지 봐주실까요?

〈커피 한잔 할까요?〉의
작업실을 공개합니다

23화
〈고비의 미소〉 취재일기

사이폰은 1840년 영국의 보일러 기술자 로버트 나피아(Robert Napier)에 의해서 고안된 진공여과식 커피 추출법이다. 개발 초기에는 복잡한 구조와 번거로운 공정 그리고 고가의 가격때문에 빛을 보지 못했다.

그렇게 몇몇 애호가들에 의해서 겨우 명맥을 유지하던 사이폰을 세상에 널리 알린 나라는 의외로 일본이다. 다양한 사이폰 기구의 출시와 추출 기술로 대중화하는 데 성공했고 지금은세계 대회까지 개최하고 있다.

사이폰의 가장 큰 특징은 추출 과정 전체를 밖에서 볼 수 있다는 점이다. 맛과 향이 빼어난것은 물론 플라스크와 로드 사이를 오고 가는 물과 커피를 보는 맛도 쏠쏠하다. 국내에서는70년대에 잠깐 유행하였으나 그 열기가 식어 지금은 마니아적 요소가 강한 커피로 통하고있고, 최근 복고 열풍으로 다시 관심도가 높아지고 있다.

사이폰 만큼 만드는 이와 마시는 이가 함께 재미를 공유하는 커피도 드물다. 한 번 매력에 빠지면 헤어 나오지 못한다는 말이 괜히 있는 게 아니다. 참고로 사이폰의 탄생은 모카 포트와에스프레소 머신 개발의 기폭제가 되었다고 한다.

국내에서 사이폰 커피 하면 떠오르는 곳이 바로 '칼디커피'로, 이곳은 사이폰 커피의 명가로 불린다. 1991년에 시작하여 지금까지 사이폰 커피 대중화에 힘쓰는 것은 물론 인재 배출에도 집중하고 있다. 국내 최초로 사이폰 세계대회에서 챔피언을 배출하기도 했다.

홍대 '칼디커피' 매장을 방문하면 2층에 전용 바가 있어 사이폰 커피의 진수를 느낄 수 있다. 서덕식 대표는 참숯 로스팅으로도 유명한 바리스타다.

24화
〈커피 매직〉 취재일기

불릿 프루프 커피(Bulletproof Coffee)의 우리나라 이름은 방탄커피다. '방탄'이라니 이름만 들어도 무시무시한 느낌이 든다. 이 커피는 마시면 총알도 막아낼 만큼 강해진다고 해서 붙은 이름이다. 호기심을 자극하는 방탄커피의 창시자는 실리콘밸리의 백만장자 사업가 데이브 애스프리다. 그는 성공가도를 달리던 중에 사업에 회의를 느끼고 떠난 티벳 고산 등반에서 현지 포터들이 추위를 이기고 체력을 보충하기 위해 마시던 야크 버터를 넣은 밀크티에서 방탄커피를 착안했다.

제조법은 의외로 단순하다. 다만 재료가 조금 유별나다. 원두커피에 코코넛 오일과 목초를 먹인 소의 우유로 만든 버터(무염버터)를 넣으면 된다. 오일과 버터라는 조합 때문에 맛이 느끼할 거라고 생각하는 사람이 많지만 실제로 마셔보면 의외로 부드럽고, 고소한 풍미가 감칠맛을 낸다. 방탄커피의 본고장 미국에서는 맛보다 집중력 향상과 다이어트 효과 때문에 인기를 끌었는데 개인차가 있다는 점을 고려해야 한다.

사실 이 에피소드에 등장하는 생강청 커피는 상상 속의 커피였다. '등산'이라는 상황에서의 소재로 생강청이 적당했고, 여기에서 박석에게 역할을 부여해야 했으므로 생강청 커피를 생각한 것이다. 일단 이 커피를 스토리에 넣긴 넣었는데 수긍할 수 있는 맛을 구현하기가 어려웠다. 이런 난감한 상황에서 '노아스로스팅'에 문의하니 마침 생강청으로 계절 메뉴를 고안 중이라는 연락을 받고 쉽게 재현할 수 있었다. 생강의 맛과 향이 원두커피를 압도해서 고민했는데 여기에 우유 거품을 추가해 근사한 맛을 만들어낼 수 있었다. 생강청 커피는 돌아오는 겨울에 노아스로스팅에서 맛볼 수 있다.

25화
〈더치커피〉취재일기

더치커피(Dutch Coffee)의 유래는 너무나도 유명하다. 과거 네덜란드(더치커피의 '더치'는 네덜란드인을 뜻한다)의 식민지였던 인도네시아의 커피를 유럽으로 수송하는 도중 선원들이 오랫동안 마실 수 있도록 찬물로 내린 커피가 바로 더치커피다. 이 유래는 거의 정설처럼 받아들여지지만 정작 지금의 네덜란드 사람들은 더치커피를 모른다. 오히려 찬물로 내리는 커피를 신기하게 생각할 정도다.

우리가 지금 알고 있는 더치커피의 탄생지는 일본이다. 해외에서는 더치커피보다 '재패니스 콜드 워터 드립(Japanese cold water drip)' 또는 '콜드 브루(Cold brew)'라는 이름으로 알려져 있다. 상업화의 달인인 일본인들이 더치커피의 유래를 만들었거나, 구전으로 내려져 오는 이야기를 홍보에 이용했을 가능성이 높다. 어쨌든 유래는 명확하지 않으나 도구를 만들고 기술을 발전시킨 것은 일본이다. 더치커피는 10시간 동안 찬물을 조금씩 떨어뜨리는 모습 때문에 '커피의 눈물'이라고 불리기도 하고 장기 보관과 숙성이 가능하기 때문에 '커피의 와인'이라고도 불린다. 맛은 진하고 깔끔하며 군더더기가 없다. 숙성에 따라 향미가 달라지는 묘미를 즐길 수도 있다. 원액은 응축된 상태이므로 물에 희석해서 마시거나 라테 등의 응용 메뉴로도 애용된다. 더치커피는 최근 카페의 전문성을 판단하는 메뉴로 인식되고 있다. 그러나 완성까지 오랜 시간이 걸리므로 위생 관리가 중요하다.

26화
〈아이리시 커피〉 취재일기

'아이리시 커피'는 1942년경 아일랜드의 섀넌 공항(Shannon International Airport)에서 탄생한 커피다. 겨울 추위를 달래고 심신을 안정시키기 위해 커피에 아이리시 위스키를 섞고 휘핑크림을 얹어 승객들에게 제공된 것이 그 유래다. 벨기에 감자튀김이 프렌치 프라이로 알려졌듯이, 아이리시 커피의 탄생지는 아일랜드이지만 유명세는 미국이 독차지했다. 왜냐하면 당시 섀넌 공항의 주요 항로가 미국이었기 때문에 이 맛을 본 승객들이 미국에 입소문이 퍼뜨렸기 때문이다.

1952년 샌프란시스코에서 카페를 운영하던 잭 코플러(Jack Koeppler)는 국제적인 여행 작가 스탠튼 데라플레인(Stanton Delaplane)에게 아이리시 커피를 재창조하자고 제안했고, 스탠튼은 흔쾌히 그 제안을 받아들여 둘은 곧바로 실험에 착수했다. 그 과정에서 크림이 가라앉는 등의 문제가 있었지만 결국 두 사람은 해결책을 모색했고 결국 잭 코플러의 카페에서 아이리시 커피를 판매할 수 있었다. 이 카페는 지금도 샌프란시스코에 있는 '부에나 비스타 카페(The Buena Vista Cafe)'로, 아이리시 커피의 성지로 통한다.

아이리시 커피는 위스키가 첨가된 커피이므로 추운 겨울에 마시는 것이 제격이다. 언 몸을 녹이는 느낌이 이 커피의 매력이기 때문이다. 그래도 방심은 금물! 술이 많이 들어가는 것은 아니지만 술에 약한 사람이라면 아이리시 커피 한 잔에도 취할 수 있으니 마신 직후 운전은 피하는 게 좋다.

아이리시 커피는 헬카페에서 취재했다. 5화에서 헬카페 취재 당시 아이리시 커피를 다루려고 했으나 카페 이야기로 이야기를 변경하는 바람에 잠시 미뤘다 26화에 연재할 수 있었다. 개인적으로 뒤늦게라도 연재할 수 있어 기뻤던 소재다.

28화
〈로스터의 마음〉 취재일기

28화는 '세상의 끝에서 커피 한 잔'이라는 일본 영화에서 영감을 받은 에피소드다. 영화는 해안가 땅 끝 마을에서 '요다카 카페'를 운영하며 실종된 아버지를 기다리는 여주인공 미사키가 주변 사람들과 겪는 이야기들로 이루어져 있다. 일본의 인기 여배우 나가사쿠 히로미가 미사키 역을 맡았는데, 로스터이자 바리스타의 역할을 꽤나 자연스럽게 소화했다. 특히 로스터의 기술이나 경험은 표현하기가 쉽지 않은데, 그녀는 로스터 특유의 동작과 섬세한 표정으로 관객의 몰입도를 극대화시켰다. 상영 후 히로미의 연기에 호기심이 생겨 관계자에게 물어보니 로스팅 머신 업체인 '후지로얄'의 도움으로 수개월 동안 전문가들에게 지도를 받았다고 한다. 어쩌면 28화는 영화 '세상의 끝에서 커피 한 잔'의 프리퀄인 셈이다.

여자 로스터를 취재하기 위해 주 취재처인 '노아스로스팅' 이윤정 대표에게 자문을 구했다. 그녀는 대표이기 이전에 로스터다. 여러 업무 속에서도 늘 로스팅에 소홀함이 없다. 그녀와의 인터뷰를 통해 전에는 알지 못했던 여성 로스터로서의 여러 애로 사항을 접할 수 있었고, 로스팅은 향이 중요하기 때문에 짙은 화장은 엄두도 못 낸다는 말에서 영화 속 미사키의 얼굴이 떠오르기도 했다.

이윤정 대표를 취재하면서 로스팅의 기술적 요소보다 경험에서 비롯된 자연스러운 동작이나 습관 그리고 용어 등에 집중하다 보니 머릿속에서는 이미 에피소드가 완성되어 있었다.

29화
〈커피 크리스마스〉 취재일기

스토리 작업은 일반적으로 연재 한 달 전 진행한다. 즉, 10~11월에 12~1월의 이야기를 쓴다는 뜻이다. 늘 앞서 가야 하다 보니 계절 감각이 뒤엉켜 혼란을 겪을 때도 있고, 자료 준비에 곤란을 겪을 때도 많다. 화사한 봄날에 뜨거운 햇볕이 내리쬐는 여름 풍경을 상상하며 스토리를 쓰는 일이 쉽지는 않기 때문이다. 여기에 설날이나 추석, 어버이날과 같은 특별한 소재를 에피소드로 쓰려면 삼 개월의 연재 일정 안에서 횟수를 조절해야 하는 수고도 감수해야 한다.

크리스마스 에피소드는 11월부터 준비했으나 자료 사진 준비가 끝나지 않아 애를 먹은 경우였다. 월요일부터 금요일까지 매일 연재되는 신문의 특성상 만화 원고는 적어도 일주일에서 이주일 전에 전송해야 한다. 29화는 크리스마스 시즌 이야기이므로 늦어도 12월 초에 모든 마감을 끝내야 했지만 크리스마스가 한참 남은 시점이었기 때문에 손님의 복장, 카페 공간 등에서 계절의 분위기를 전혀 느낄 수 없어 취재에 애를 먹었다. 그렇게 최후의 순간까지 버티다 결국 마지노선 하루를 남기고 사진 촬영을 진행할 수 있었다. 겨우 한숨을 돌렸지만 그 후 만화 작업부터 전송까지는 기억이 나지 않을 정도로 빠르게 진행되었던 에피소드다.

30화
〈스승의 세뱃돈〉 취재일기

바리스타가 되려면 바리스타 1급이나 2급 자격증은 필수조건으로 여겨진다. 카페 아르바이트를 할 때도 자격증이 있으면 채용이 훨씬 수월하다는 말도 있다. 현장에서는 당연히 커피와 관련된 기본 소양과 지식 그리고 기술을 미리 익혔다는 점에서 자격증을 가진 바리스타를 선호한다. 그렇기에 운전면허증처럼 국가가 인증하는 자격증이 아님에도 수많은 사람들이 도전하고 있다.

2급 자격증의 경우 주민센터 등에서 문화 사업의 일환으로 무료 교육을 실시하고 있어 누구나 쉽게 도전할 수 있다. 하지만 그렇기 때문에 자격증이 없는 바리스타들이 받는 스트레스가 어마어마하다고 한다. 물론 자격증을 땄다고 해서 바로 커피 전문가가 되는 것은 아니다. 현장에는 자격증과 상관없는 업무가 의외로 많다. 맛은 물론 관련 도구들의 특징과 조작법이 제조회사와 카페마다 다르기 때문에 현장에서 다시 처음부터 시간을 투자해야 하는 경우도 허다하다. 결국 자격증이 실력을 보증하는 것도 아니고, 실력 판단의 잣대가 될 수도 없다.

어떠한 자격증도 존재하지 않는 로스팅 분야를 생각하면 이해가 쉽다. 한 명의 로스터가 탄생하기까지는 시간이 필요하다. 오랜 시간 커피를 볶으며 감각으로 쌓아온 경험치를 시험으로 판단할 수는 없을 것이다. 지금도 자격증은 없지만 현장에서 묵묵히 커피를 내리며 내공을 쌓는 바리스타들이 많다. 아마도 자격증보다 중요한 것은 커피를 대하는 자세가 아닐까.

초판 1쇄 발행 2016년 3월 25일 초판 14쇄 발행 2023년 8월 25일

지은이 허영만 글 이호준
펴낸이 이승현

편집1 본부장 한수미
와이즈 팀장 장보라
디자인 조은덕

펴낸곳 ㈜위즈덤하우스 출판등록 2000년 5월 23일 제13-1071호
주소 서울특별시 마포구 양화로 19 합정오피스빌딩 17층
전화 02) 2179-5600 홈페이지 www.wisdomhouse.co.kr

ISBN 978-89-5913-006-1 [04810]
       978-89-5913-917-0 (세트)